三寸金蓮一千年

張若華　著

中華書局

前　言

「小紅鞋兒二寸八，上頭繡着喇叭花。等我到了家，告訴我爹媽：就是典了房子賣了地，也要娶來她！」這是清代流傳在河北的一首歌謠。說的是青年男子看到纏着只有「二寸八」大小的小腳女子後，決心要娶她回家的心情。

清代小說《紅粉俠》中對廣西橫州（今橫縣）賽腳活動曾有過詳細的記載：「二月十八日，在橫州有小腳會，不論大家小戶，大小女子，老少婦人，都得將兩隻金蓮露在外面，任人家品評大小尖肥。倘一家的姑娘不把金蓮裹得尖尖瘦瘦，如新月一鈎，便不能得人家讚美。小腳會都在夜間舉行，因十八這天月色尚圓，這明亮的月光照着許多小金蓮，好不有趣……每家大門上掛着湘簾，湘簾下整整齊齊排列了許多瘦小金蓮，都裹得宛比新月、賽似紅菱。那七八雙中有一雙愈覺得瘦小尖俊，出落得異樣有致……裹得追命奪魂，不要說捏在手中，便可以靈魂兒飛去，便擱在一邊，也使人落魂失魄哩。」

我們再來看古代文人墨客對女人小腳的癡迷：清代文人予理的《劍津玩蓮記》中，對當時女人的小腳有這樣的描述：「此處具有全身之美，如：肌膚之白嫩，眉兒之彎秀，玉指之尖，乳峰之圓，口角之小，唇色之紅，私處之妙，兼而有之。」

一雙小腳，竟然能够承載着如此迷人的魅力？這的確是我們當代年輕人難以理解的一個謎。很多人可能會問：纏足，怎樣產生？何以流傳千餘年？它承載了國人多少的喜怒哀樂、恩恩怨怨？

據筆者掌握的資料，目前國內外絕大多數專家學者把纏足看作一種病態，認為它折射出的是一種腐朽的文化現象、畸形的審美觀念、扭曲的變態心理等等。長期以來，在這種意識的氛圍中，人們羞於說小腳，遇上需要公佈於眾的歷史照片，也要將女人的小腳故意遮擋起來，將纏足視為國恥、病態。而每每提及，要麼閃爍其詞、遮遮掩掩，要麼憤怒聲討、貶斥撻伐。

　　然而，不管我們願意不願意，我們不得不面對的是這樣一個事實：纏足成為一種廣泛流行的社會習俗已有一千多年的歷史，小腳在那個時代是被絕大多數人認可的女性美，纏足是實現這種女性美的手段。在千餘年的歷史長河裏，一個民族中的絕大多數男子都喜歡小腳，這個民族中絕大多數女子都纏着小腳，難道我們可以簡單地以一個病態說來概括這一歷史事實嗎？顯然，一個民族集體「患病」千餘年，無論如何都是說不過去的。

　　從民俗的角度看，女子纏足也是當時國情的重要組成部分，民俗的發生與延續，是無法改變的歷史必然。中華民族數千年的文明史中，融會了眾多的發展程度不同的傳統理念和道德文化，所以研究國情，絕不應該置民俗於不顧。先人在長期的生產生活中所創建和傳承下來的各種風俗習尚，是歷史文化重要的一部分，後人應該給予其應有的位置。

　　再從審美的角度看，不用說當代，原始社會的人們就開始了對美的追求。在山頂洞人遺址發現了很多晶瑩的石器，還有很多有孔的鹿、狐的齒，帶孔的石珠，鑽孔的小石礫、骨墜等一系列裝飾品，是用來繫在衣服或耳朵、手臂上的，這說明當時的人已有愛美觀念。每個人都有愛美的心理，期望能夠得到同性或異性的認同或羨慕，而女人的這種心理期望，在自身美的方面表現得尤為突出。浩如煙海的相關史料告訴人們，有一雙小巧玲瓏的小腳，早已成為了人們欣賞女性美的重要條件。

　　祖先們很早就發現了女性腳小更能展現搖曳生姿的體態，所以女性刻意追

求腳小的努力由來已久。古來就有「楚王好細腰，宮中多餓死」的說法（唐代以健碩豐盈為美的時間極其有限）。而宋代以後，弱不禁風，楚楚可憐的少女則成為男人的最愛。顫顫巍巍、扶牆摸壁的姿態，在情人眼裏是一種飄然若仙的感覺，這種柔弱纖巧大概更容易讓男人浮想聯翩。

清末文學家余懷有《婦人鞋襪辨》，說的是窅娘以帛纏足，屈上作新月狀，着素襪，行舞蓮中，迴旋有凌雲之態。此後民間女子競相仿效，纏足便流行起來。儘管從時間概念上說，筆者並不認同此說，但纏足起源於人們對美的欣賞和追求，並且更能展現婦女的舞蹈美，卻是千餘年來的共識。

眾多歷史研究資料也證實，女子纏足走路時身體重心升高，加之腳掌與地面的接觸面積減小，會呈現出一種如弱柳扶風、裊裊娜娜的姿態，古人因此視之為美。

歷史，需要人們站在時代的角度去觀察。纏足是在社會和歷史的大背景下形成的習俗，既有民俗理念的影響，也有國人審美情趣的推動；既有個人心理，也有從眾心理，而社會輿論的力量是纏足久盛不衰的最主要原因。

還有一點毋庸置疑：中國古人要求女子貞靜為德、為美，甚至是大門不出二門不邁，所以，在當時的歷史條件下，即使讓女子纏足，也不會對她們日常生活造成多大的影響。

當然，由於生活習慣、審美觀念的改變，以及社會生產力發展帶來的變化，現代人不認同纏足也不足為怪。人們不再欣賞纏足帶來的美妙和裊娜，甚至視纏足為愚昧也在情理之中。這完全是一種社會心態潛移默化的變遷，不能成為我們鞭撻纏足的理由。

其實，回過頭來想一想，當今社會相當一部分女子為了漂亮、性感而去減肥、抽脂、隆胸、豐臀、割雙眼皮、墊高鼻樑等等，這與古人的纏足相比，豈不是五十步笑百步？一個不容置疑的事實是，每年全國因此毀容甚至丟掉性命

的女人，恐怕要數以萬計，如果在全世界統計一下，數目一定會是驚人的。如果我們的先人地下有知，只怕會嘲笑我們現代人愚昧得可笑了。

說到這裏，可能有人要問筆者，難道你竟然要提倡纏足？

非也！我只是想澄清一個歷史觀的問題。就筆者的觀察，為數不少的國人在審視中華民族的歷史時，在驕傲自豪的過程中，總免不了些許的自卑，對纏足的諱莫如深，就是一個很好的例證。

歷史是種種偶然組成的必然，我們不能總是在歷史和文化的慣性中生活着。中國的封建社會之所以長期延續，是因為中華文明相對獨立，在古代較少受到外來文化的影響和挑戰。我們的祖先憑着自己擁有的社會生產力就可以豐衣足食、繁衍生息，而不必要對外開放和大規模交往。我們不能以現在的標準去苛求我們的先人，更不能用西方的尺子來衡量東方的事物。

隨着時光的流逝，不知不覺中，纏小腳 —— 這一古今中外獨有的歷史文化現象，即將伴隨着最後一代小腳女人的離去而灰飛煙滅，永遠從現實的世界中消失。但是，有太多的東西，失去了才後悔當初不加珍惜，如「文革」中的「破四舊」已經成為中華民族永遠的痛，難道我們還要重蹈歷史覆轍嗎？我們多麼希望這樣的事情，今後永遠都不會再發生在我們民族身上！

德國古典哲學家黑格爾有句名言：「存在的就是合理的。」用在民俗領域，這一理念也有它積極的現實意義，就是說客觀存在的事物自然有其存在的合理性。同時，此時此地合理的事物，彼時彼地或許就變得不那麼合理了。某種民俗，在其產生之時是合理的，但隨着時代的變遷，有可能變得不那麼合理，甚至有礙於社會進步了，這就是發展的觀點。從歷史的邏輯看，古代各個民族 —— 不管是古希臘、古印度，還是古代巴比倫，在邁入現代社會之前，婦女的地位通常都是較低下的（儘管低下的程度有所不同），女性都處於男權統治之下，然而卻只有中國人發明了纏足。所以，我們應當以科學的、發展的觀

點正視歷史，正視婦女纏足這一中華民族昨日的文化現象，走出荒謬的思維慣性，以歷史的眼光正視歷史的本來面貌，這也是筆者編著本書的最初動因。

雖經數載修訂，本書錯誤、疏漏在所難免，懇請讀者提出寶貴意見。

張若華

前言

附錄：

纏足的趣事傳說

追溯金蓮的誕生

1 甘肅省山丹縣出土的唐代胡人舞俑。該俑腳穿尖頭小鞋，象鼻頭，形似古代晉鞋。

2 唐朝天寶末年流行穿尖頭鞋。鞋頭尖小，足形尖瘦。

3 金蓮戲嬰石雕。元代（約1350年）女子小腳雕塑壓綳石。穿睡鞋的貴婦用小腳逗弄懷中的嬰兒。

4 小腳女人圖案茶壺。

5 磁州窰小腳女人造型瓷枕。

6 磁州窰小腳女人造型瓷枕。

7 小腳女人圖案賞瓶。

8 民國小腳女人與小孩圖案花瓶一對。

1　上海市一百年前署名「王大吉」的纏腳藥
　　廣告。

2　1918年山西省公署委任令：委任學生利用
　　暑假擔任宣導員向女子宣傳放足的好處。

3　山西省壽陽縣政府官定結婚證書：一邊抽
　　印花稅，一邊宣傳「厲行天足」。

4　1919年山西省介休縣第三區規範國民學校
　　制頒的不娶纏足婦女胸章。

5　1929年3月15日部陽縣放足分處佈告第
　　二號。

纏足起源的年代

關於纏足習俗的起源，眾說紛紜，最早的認為可以追溯至夏禹，也有人認為始於商代或戰國，還有學者考證後分別認為始於秦、漢、晉、六朝、隋、唐、五代等。之所以有如此多的觀點，主要原因在於學者在考證時，以史料上對當時情況的零星記載作為依據，因而得出了相去甚遠的結論。

歸納一下，大體有以下幾種說法。

始於夏代說。傳說大禹治水，娶塗山氏為妻。此美女原是狐狸精，腳很小，就是傳說中的中國第一個小腳女人。

始於商代說。據說，殷紂王寵妃妲己是個雞精，由雞變人，甚麼都變過來了，惟獨一雙腳沒能變過來。妲己害怕被宮中的人發現，於是以帛裹腳。宮女嬪妃為討得紂王恩寵，遂相繼仿效，繼而傳至民間，婦幼皆模仿之。

始於春秋說。據《漢隸釋言》中記載，「漢武梁祠畫老萊之母、曾子之妻，履頭皆銳」（銳，就是尖）。鞋頭尖，腳一定是尖的，腳尖應該就是小腳。老萊子，春秋末年，楚國隱士；曾子，名參，字子輿，春秋末年魯國人，孔子的學生。

始於春秋吳國說。清涼道人在《聽雨軒筆記》中說「江蘇吳縣靈岩山西施洞前，一塊石頭上，有婦女的兩個鞋印，長三寸，前尖後圓，深約寸許，相傳是西施的足跡。後來，越王勾踐把西施獻給吳王夫差，夫差便為西施修了一道響屧廊，專門聆聽西施穿着三寸金蓮弓鞋走路時珠落玉盤一樣細碎的響聲。

始於戰國說。《史記·貨殖列傳》中記載：「今夫趙女鄭姬設形容，揳鳴琴，揄長袂，躡利屣。」屣，即鞋。所謂利屣，就是尖頭鞋子。不是小腳是不會穿尖頭鞋子的。《漢書·地理志》上也有記載，「趙女彈弦跕躧」。躧，在這裏指的是舞鞋。師古註：躧與屣同，小履之無跟者也。跕，是指輕躡的樣子。

始於西漢說。《漢武帝內傳》中記載：「趙飛燕身輕欲不勝風，恐其飄翥，帝為造水晶盤，令宮人掌之而歌舞。」很明顯，倘若不是小腳，怎能在水晶盤中歌舞呢？

　　始於東漢說。漢代《雜事秘辛》中有這樣一段話：「保林吳姁奏言，乘氏忠侯梁商女，足長八寸，跗豐妍，底平指斂，約縑迫襪，收束微於禁中。」它記載的是這樣一個故事：東漢桓帝選納皇后時，派了一個叫吳姁的婦女，去一個大臣家，檢查一個名字叫做瑩的姑娘的身體。吳姁要求瑩姑娘脫去衣襪，全裸，從頭到腳查看一遍。原來瑩姑娘的雙腳為「足長八寸」。漢代一尺相當於現在的六寸，而八寸相當於今天的四寸多一點。可見，瑩姑娘應該是纏足的。

　　始於晉朝說。《輟耕錄》中記載：「晉永嘉元年（307），靸鞋用黃草，宮內女嬖皆着，始有伏鳩頭履子。」「伏鳩頭履子」就是纖細的鞋子。

　　始於六朝說。《南史·齊廢帝東昏侯紀》中記載：「鑿金為蓮華（花）經貼地，令潘妃行其上，曰：此步步生蓮華（花）也。」小腳雅號 —— 金蓮，即由此產生。

　　始於唐朝說。姚鷟的《尺牘》上說：「馬嵬店媼得太真錦襪以致富。其女玉飛，得雀頭履一隻。真珠飾口，薄檀為苴，長僅三寸。」

　　始於五代十國南唐說。《十國春秋》上記載：南唐後主李煜宮人窅娘，纖麗善舞。李煜作金蓮高六尺，錦以寶物彩帶瓔珞，命窅娘以帛繞足，令纖小屈上，作新月狀，素襪舞花中，迴旋有凌波之態，於是人皆效之。此說被當今絕大多數學者認可。

　　始於宋末說。《輟耕錄》中記載：元豐元年（1078）以前猶少裹足，宋末遂以大足為恥。

　　始於元朝說。《消閒堂日記》上記載：「其論纏足所自始，人人言殊。余以為此事，有關於夷（指當時蒙古族人）夏（指漢族）之防，必盛於南宋而於元。

想女真蒙古初入中國，士大夫多不願與聯姻，群趨纏足為鴻溝之劃，以別於羅帕垂鬟，蠻靴踏踘之樣。」

始於明朝說。朱元璋的老婆馬皇后是個大腳婆。有一年元宵節，朱元璋在觀燈時看見一幅燈謎，上面畫着一個大腳婦人，懷抱一個大西瓜。朱元璋心裏有數，馬皇后是淮西人氏，又是一雙大腳，謎底顯然 —— 淮西婦人好大腳也！於是大怒，遂下令殺掉製作燈謎和猜謎者多人。百姓誤以為朱元璋喜歡小腳女人，爭相為幼女纏足。朱元璋還限令：乞丐人家「男不許讀書，女不許裹足」。

眾說紛紜，學術界絕大多數學者認同纏足始於南唐後主李煜說，並認定窅娘是史上纏足第一人。但筆者不認同這種說法，認為纏足應該早於南唐。

那麼，為甚麼說纏足應該早於南唐呢？

中國以纖足為美的傳統源遠流長。在南唐以前的史籍、詩詞、歌賦中，已有零星的記載或者疑似「纏足」的記錄。《詩經》中就有：「美目揚兮，巧趨蹌兮。」這裏是把女人的美眸與纖足相提並論的。還有：「月出皎兮，佼人僚兮，舒窈糾兮。」舒就是遲，窈糾是行步舒遲的姿態。

春秋時，小足就被定為衡量美女的標準之一。據說，秦始皇選美女，足小也被列入其中。當然，那時的「足小」很可能是指天然纖足，並非一定纏過。但由此可見，早在兩千多年前，女子腳的大小已經成為男子評價女子品貌的重要條件了。

司馬遷在《史記》中有：「臨淄女子，彈弦，踮纏。」所謂「踮」，即指「足」、「纏」兩字，應該就是指「纏足」。《史記·貨殖列傳》上的「趙女鄭姬……揄長袂，躡利履」。這裏的「利」字，即尖細的意思。從這段記載，說明趙國的女性已經有尖鞋；從「踮纏」和「利履」來推斷，女性纏足有可能早在春秋時就已經開始，不過只限於少數風月場中女子。

「利履」也有可能是對鞋子的一種時尚追求。但可以肯定的是，以尖鞋為

美的意念那時已經存在。如果說女性纏足之風，早在春秋時期已經開始，只不過還沒有普及，這種判斷應該是較為合理的。

東漢中期最著名的文學家張衡的《南都賦》中有，「羅襪躡蹀而容與」的句子；漢樂府民歌《孔雀東南飛》作者焦仲卿也有詩句「足下躡絲履，纖纖作細步」；唐代詩人杜牧詩中有「細尺裁量約四分，纖纖玉筍裏輕雲」，刻畫的應該都是婦女用布帶纏足的情景。

前面說到的漢代《雜事秘辛》中有足長八寸一說。「八寸」相當於現在的四寸多一點，同三寸金蓮比，儘管長了點，但作為一般的漢族婦女，不下點工夫是絕對做不到的。

古樂府《雙行纏》中的「足趺如春妍」，雖然是纏，卻要「趺如春妍」，並非一定要「尖如春筍。當時雖人人看重腳小，但對小到甚麼程度並沒有標準。唐代著名詩人溫庭筠有「纖女之束足」，在這裏的「束」字與「纏」字的含義並無多大區別。

這些零零星星的記載，描述是婦人纏足的情形和走路的姿態。共同之處是主張女子以緩行為貴，強調對女性的雙足加以約束。如果女人走起路來像男子一樣大步流星，則顯得魯莽急率，不但不美，也不符合禮儀。

陝西省出土的唐代文物人俑，男性樂人是尖小弓足，女俑則穿小頭鞋履窄衣裳。這種活潑的舞蹈表現方式，源於西域民族的民俗。早期弓鞋中的象鼻頭，有些像是遊牧民族的鞋式。看得出，唐代男女已有足部纏裹的習俗。將足部裹起，既滿足女子追逐美的天性，又不至於對足部造成太大的傷害，還能翩翩起舞，「迴旋有凌雲之態」。這樣做法，完全不同於明清時期的纏足，刻意在「小」上大做文章。還有，在西藏有一種燈具，狀如弓鞋，又稱公主履，據說是為了紀念文成公主入藏而製作的，這也說明唐代已有纏足之事，只是尚未普及罷了。

再從詩歌的角度看。唐代以詩、賦、文都堪稱名家的杜牧（803–852）寫有「鈿尺裁量減四分，纖纖玉筍裹春雲」，是刻畫婦女用布帶纏足的實況，不過上句的「鈿尺裁量減四分」的分字，不知是當時度量衡的不同，還是詩人故意形容細小的手法，不過一個「裹」字，已可證明唐代裹足已經存在，僅此而已，纏足始於南唐說便不攻自破。

另外，南唐後主李煜在位十四年（961–975），統治範圍僅江南一隅，適齡纏足的女童能有多少？十四年後，宋王朝滅了南唐，政事繁雜的宋太宗難道會立即繼承李煜的衣鉢倡揚纏足，從而迅速在全國蔓延嗎？

之所以絕大多數學者認同「南唐說」，我想大概有以下三個主要原因：一是南唐擁有較多的纏足史料記載，二是南唐之後纏足之風迅速在華北、中原以及長江流域蔓延，三是李煜在詩詞中對纏足維妙維肖的描述。僅此而已便認定纏足起源南唐，也着實太過牽強了。

作為指代纏足為「三寸金蓮」的專用名詞「金蓮」，有人說出自南北朝南齊東昏侯，他讓千嬌百媚的潘妃在金蓮花上行走，步態搖曳，步步生蓮花。但我們應注意，即便如此，這只是稱謂「金蓮」，並未涉及「三寸」，更不能成為纏足始於南北朝的依據。

至於前面說到的大禹娶狐狸精變的塗山氏、殷紂王的妃子妲己等，這些僅僅是民間神話傳說，含有較多的演義成分，更不能夠作為女子已經纏足的依據。

綜上所述，作為一種歷史現象，纏足的產生、發展經歷的是一個漫長的過程，其起始時間很難具體確定，但可以肯定，纏足不會始於南唐後主李煜，也不是南北朝時的潘妃，而是更早的某個時期。這一點是毋庸置疑的。

因何而生：女為悅己者容？

一種習俗的形成往往是各種歷史、文化因素綜合作用的結果。纏足也不例外，科學的判斷應該是從人類審美情趣、民族風俗等的範疇來解析。

審美觀念

人類學的研究表明，不同種族或民族，審美觀的差異是巨大的，有時甚至到了截然相反的地步。

非洲有一個地區，人們熱衷在上下眼皮上塗抹黑色；而另一個地區，男子的眼皮則是塗成黃色或紫色；在馬來群島，人因為長有像狗那樣的白牙齒被認為是可恥的事。世界各地還有許多以各種致殘方式追求美的：在中非共和國，女子在下唇上穿洞，洞裏戴上一塊水晶，說話的時候，這塊水晶就跟着蠕動。當有人問酋長：為甚麼婦女要穿戴這些東西？這位酋長很詫異地回答，為了好看呀！今天，世界各地的土著居民，類似的事情仍然十分普遍。

在一種生態環境中，習俗一旦演變成為一種文化，就沒有甚麼道理可講了。如果去問為甚麼，就會被認為是愚蠢的。中國南北方的少數民族中，也有不少類似的習俗，如紋身、黥面、鑿齒等等。

漢族人很早就發現了女性腳小更能搖曳生姿，所以女性刻意追求腳小的努力由來已久。

《墨子》中就有「楚王好細腰，宮中多餓死」（唐代以健碩豐盈為美的時間有限）。而宋代以後，弱不禁風，楚楚可憐的少女則成為男人的最愛。顫顫巍巍、扶墻摸壁的姿態，在情人眼裏有飄然若仙的美感，這種隱秘的魅力更容易讓男人浮想聯翩。

前面已經說到五代以前雖然婦女纏足記載不是很多，卻有不少歌頌小腳的詩歌、辭賦，讚美女子的嬌弱、步履遲緩、搖曳生姿。到了南宋，纏足已經非常普遍，對歌妓的要求有了所謂的「四絕」，即：腳絕、歌絕、琴絕、舞絕。看得出，當時已把腳的大小、形狀列入選美評美的標準了。所有這些因素交織在一起，使女性纏足由偶然上升為必然和天經地義。

現存的歷史資料表明，正是由於五代以前，就存在着人們欣賞女子小腳的現象，五代時才會出現裹足而舞，並在宮中流行。這也是較為符合事物發展規律的。五代以後的千餘年裏，纏足成了女性優雅高貴的象徵。因為纏足成為了社會風尚，文學作品中才留下了大量的對它的記述。尤其是宋、元、明、清，記述、讚美纏足的文學作品用「汗牛充棟」來比喻，並不為過。

每一個民族都有特有的審美情趣，而漢族女子追求窈窕曼妙身姿的傳統，正是迎合了漢族人的審美要求，也是女子纏足習俗形成的原始動因。劉希逸在《搗衣篇》中寫道：「西北風來吹細腰，東南月上浮纖手。」細腰纖手為古人所欣賞，這與西方的審美完全不同。

很明顯，女子纏足，除男子的愛戀等社會原因外，婦女自身以此為美、以此為榮，也是一個重要原因。

男女有別

纏足是一種兩性分離式的裝飾，彰顯出女性的柔弱以及男主外、女主內，男性粗獷強悍、女性細膩柔弱的特徵。

可以設想一下最原始的纏足動因，一方面是女性想表現出特殊的肢體魅力或者纖細、拘謹的步態，再加上當時社會文化對婦女的要求，逐漸成為一種社會時尚。另一方面，男子要求婦女須深處閨中，謹守規範，在這樣的社會潮流

下，纏足成為了最好的手段。

《淮南子‧齊俗訓》中有這樣的記載：「帝顓頊之法，婦人不避男子於路上者，拂之於四達之衢。」拂，就是去。用現在的說法就是驅逐。意思說的是：上古制度，婦人在路上碰到男子，必須閃避，否則就應驅趕她。這一記載，印證了原始時期兩性禁忌和隔離制度的存在。

由於漢族所處生態環境和地理條件的優越，很早就進入了定居農業的生活狀態，兩性分工十分明確。男性較早從漁獵經濟轉向了農業，而女性則從原始時代在農業中的主力地位，退居到一個次要的、輔助的地位，就是所謂的男耕女織。這種婚姻家庭制度，有兩大特點，一是私有制，二是父權制。自那時起，漢族在思想觀念上，不斷強調女性的貞潔，行為規範上則逐步形成了一套兩性隔離制度。

秦始皇五次出巡中曾經多次刻石涉及貞順。如「禁止淫泆，男女潔誠」、「有子而嫁，倍死不貞」等。漢承秦制，公元前 58 年，漢宣帝下詔，「賜賞貞婦順女以帛」，這大概是中國有史以來第一次正式「褒獎貞順」。

歷代統治者倡導、制訂了一系列的隔離男女、封閉女性的性別隔離制度。所謂男女有別實質是防止男女之間的婚外性關係，以保證男子血統的純潔性。《禮記》中有：「男女有別，然後父子親；父子親，然後義生；義生，然後禮作；禮作，然後成物安。無別無義，禽獸之道也。」實行男女有別的關鍵是「父子有親」，它明確了父與子的純正血統關係，以保持或鞏固父權制和父系繼承制。父子親然後才能產生義、禮，有了禮然後才能成物安，才能君臣有正，家庭穩定，統治秩序井然，天下才能安定。

《禮記》把男女隔離的思想具體化、規範化了：一家之中，共同生活的男女成員不能隨便坐在一起；不能將衣服掛在同一個衣架上；不能使用同一個巾帕和梳子；不能用手接手的方式遞東西；叔嫂之間不答話；男子在外做官，不與

女子談論政事，母、妻、女也不得參與政事。女性的家務瑣事，男子亦不應過問；女子許嫁他人後，除非遇到夫家有疾病、突變，否則不得進未婚夫家門，更不許與未婚夫相見。女子出嫁後回娘家，兄弟不得與之同席而坐，同器而食等等。

漢族這種基於定居農業基礎上的、與婦女貞潔觀念相結合的兩性隔離制度，到纏足大大普及的宋代，已經深入人們的思想觀念，規範着人們的日常行為，成為纏足現象演變發展為風俗的深刻歷史背景。

社會和家庭的約束

纏足的習俗漸漸普及以後，父母為使女兒能嫁個好人家，爭相為女兒纏腳，並且愈小愈尊貴。清代台灣有「大腳是婢、小腳是娘」的說法。李笠翁《閒情偶寄》中說：「宜興周相國以千金購一麗人，名為『抱小姐』，因其腳小至寸步難移，每行必須人抱，是以得名。」寸步難移卻成了富貴人家趨之若鶩的對象。

纏足也是官宦世家、淑女必備的美容術。那個時代娶妻託媒人探聽女方的情況，最重要的就是看她腳小不小，只要擁有一雙小腳，必然成為爭相說媒的對象。在新婚過門的時候，眾人聚集爭睹的焦點，也在新娘的一雙小腳上。下轎的一剎那，要是伸出的是一對尖尖、周正、細小的金蓮，立刻換來眾人的讚嘆；要是一雙大腳出來，定會遭人恥笑。

中國傳統的婚姻制度，基本上是容許一夫多妻制，也有人更確切地定義為一夫一妻多妾制。眾多的妻妾之間難免會爭寵，為了專房、得寵，只有痛下工夫修飾自己，纏足提供了一個修飾方向。同時，纏足的女人行動不便，有利於丈夫控制，減少與他人偷情或私奔的可能。

柔弱小巧的追求

從眾多史料看，中國人的「小腳情結」可遠溯至先秦時代，從《詩經》和屈原的《楚辭》，以及後來的唐詩、宋詞、元代戲曲雜劇、明清小說等大量文學作品中，都能找到女性以柔弱小巧為美的依據。

女子以弱為美的傳統，要求女子溫柔馴服、懦弱纖細、舉止舒緩、輕聲柔氣、步履輕盈、膽怯怕羞。足形、容貌、才藝構成封建時代女性美的三要素。纏了足的女性，「走起路來，那一種妖嬈的模樣，甚是好看」。這種社會環境，決定纏足是女性的當然選擇，成為當時絕大多數女性人生的第一要務。

儘管唐代一度對女性的要求是健碩豐盈的美，但纖細柔弱、如弱柳扶風的小巧美始終是纏足時代的主旋律。因為生活所迫，儘管清代的一些賣藝婦女常常以走繩索、踢罐子等來表現一雙纖瘦小腳擁有的超凡能力和技巧，但絕大多數的女性依然是在閨中終日從事女紅，巧心設計、美化一雙纖足。

另外，對男性來說，腳小更具有性的吸引力。「三寸金蓮」一詞本身就具有羨慕女子小腳的含義。文學作品中最著名的小腳審美著作，要算清代方洵的《香蓮品藻》，它把女性的小腳，從形狀、尺寸、裝飾、氣味等角度作了非常詳細的分類品評（本書另有章節詳述）。

仔細分析一下，由追求窈窕身材而轉向使身姿「迴旋有凌雲之態」的小腳，進而轉向「高度詭秘的」性心理，其間的軌迹是符合人類思維邏輯的。到後世「三寸金蓮」成為一條把精神的力量導入性領域的途徑，成了男女情愛時的性感帶，作為撩撥性情緒的源頭，則是一種與當時文化環境相呼應的性刺激方式。當然，那種認為纏足起初就是為滿足男人變態的性心理的說法肯定是不準確的，因為這是後來才有的事。

宋明理學的推動

宋明理學亦稱道學。指宋明（包括元及清）時代，佔主導地位的儒家哲學思想體系，它在中國思想文化史上佔有重要地位。理學家們主張，倡導控制人們的思想意識，達到禁絕人慾的目的，通過禁絕人慾，以弘揚「天理」。通俗地講就是宋代理學的著名論斷：存天理，滅人欲。

既然要滅人慾才能存天理，那麼一切與人的慾望有關的事物都要盡可能的戒絕或禁止。將這種理念引申到婦女身上，有一個著名的論斷：餓死事小，失節事大。就是說寡婦即使餓死也不能再嫁，將生命與貞潔相比，生命算不了甚麼，而貞潔才是最重要的。

南宋時人們強調在日常生活中男女授受不親，所有與兩性關係相關的事情都必須嚴格禁止。至此開始，貞潔觀逐漸走向絕對化，社會上貞女潔婦也愈來愈多，並且走向極端。元代明善的《節婦馬氏傳》記錄了這樣一個故事：馬氏的乳房有毛病了，有人對她說你必須去看醫生了，不然就很危險了。馬氏卻說：「吾馬氏寡婦也，寧死此疾不可男子見。」就這樣直到去世，寡婦馬氏為了不使男子見其體膚，寧死不肯就醫。

類似的規矩，在以後的家規家訓中也很常見。如明代《許雲村貽謀》有：「男十歲，勿內宿；女七歲，勿外出。」鄭太和《鄭氏規範》講到（婦女）「無故不出中門，夜行以燭，無燭則止」。清代於成龍《治家規範》：「閨門要嚴肅，雖係中表至親，務要男女有別，遠嫌別疑。不可同席而食，同坐而語。宅中分別內外，昏夜之間，女不出，男不入，女子有事，夜行以燭。」這麼多的約束使女子形成了除與丈夫以外的男子必須疏離、隔絕的心理，並且與守節聯繫在一起，認為如果違反了「男女授受不親」，就是失節。在這樣的背景下，自宋代開始，纏足在民間迅速得以普及。總之，宋明理學以前所未有的理論優勢，

與進一步強化了的兩性隔離制度結合，對漢族婦女纏足的推廣、普及起到了巨大的推動作用。

處女情結與貞女潔婦觀念

中國古代的貞節觀念是很廣泛的，到了宋代，婦女的貞操尤其顯得重要。

貞操觀念常常是社會要求女子單方面實行性禁錮的一種道德觀念，這種觀念是伴隨着一夫一妻制的確立而逐漸產生的。家長及其他男性家庭成員，為了保證家庭權力和財富能在自己的後代中傳遞和繼承，就必須確保其妻、妾所生養的孩子是自己的純正血統，杜絕妻、妾的婚外性關係，要求女性在性生活上的專一守貞。於是，對女性提出了「從一而終」的貞節要求。

中國上古時代已有重視處女貞操、讚賞處女的思想出現。有學者研究說，在《周易》中已有「處女貞」思想的表露。雖然《周易》中已間接地提出了這個議題，但並未引起社會的充分重視，這是因為當時社會處於長期的動亂之中，人口銳減，亟須繁殖人口，所以人們都十分重視生育、子嗣，而對少女的貞操還不十分講究。秦、漢以後，開始崇尚女子貞節，對女子婚前守貞的要求和處女嗜好的心理逐步顯露出來，當時，社會上有種流行觀念，認為童身是最潔淨的。

有資料表明，中國從漢代起就有了處女裸體檢查的事，隨之而來的就有了檢驗處女的辦法。這主要還是從宗族後代血緣是否純正，進而引發對財產、地位、權力的繼承等諸多問題的角度去考慮的。

宋以後的社會上，對處女的檢查方法有了進一步發展，民間也有了一些相對簡便的檢查方法。官方由「穩婆」專司此事，民間則由媒婆或婚嫁雙方家族的女性從事此項檢查。清代筆記小說中有許多記述此類檢查的故事。新婚之

夜，檢查新娘是否處女就成了婚禮中的一項儀式，賀客都極關心男方在翌日清晨出示新娘「落紅」的標誌。若新娘果為處女，男方還要向女方送去上書「閨門有訓，淑女可欽」的喜帖，女家也以此在鄰里間炫耀。若新娘已非「完璧」，則常會發生被男方所休的悲劇，而女家亦顏面盡失。為保全顏面，有女之人家就要從小防範，盡力使女子不離閨門一步。

處女檢查風氣的興起，一方面自然是出於男子性心理作用，把這種事情看得太重的緣故。另一方面是女子也以此作為理所當然，並以此來宣揚自家的婦道嚴明，家教有方。久而久之，這種習氣相沿成俗。

「貞女潔婦」觀念，在明朝立國之初便達到了一個新的高度。首先，循歷代褒獎貞潔的先例，地方官員每年都要將貞女烈婦的事蹟上報，大規模地建立貞節牌坊，使貞潔觀深入人心。其次，還配合以物質獎勵，如洪武元年詔令：「民間寡婦三十以前夫亡守制，五十以後不改節者，旌表門閭，除免本家差役。」（《明會典‧旌表門》卷七九）。節女烈婦，不僅本人光榮，整個家族的地位也得以提升，家庭還得到了免除差役的實惠。在此種社會氛圍中，整個社會貞女烈婦數量大大增加，有資料顯示，明初至清康熙末，烈女達一萬一千五百二十九人，佔有記錄總數的百分之九十五左右。

在這種文化氛圍作用下，貞節觀念成為男子順理成章的正當要求和婦女的自覺行為，形成一種極為普通的社會心理。在這種觀念中，女子未嫁之前，不得接觸除父親之外的任何男性以保證其處女的純潔；女子出嫁後不得與丈夫之外的男性有任何接觸，尤其是性關係的接觸，直至其生命終結。女人一生中只能與一個男人發生兩性關係，就是我們常說的從一而終。女子出嫁或訂婚後，如果丈夫去世，該女子不得再嫁也不得與其他異性有性關係。在女子一生中，如果碰到性暴力，應立即以身殉節，如生前身體未受「污染」，死後則為烈婦。另外，在女子的一生中，應隨時警惕、抵制來自外部的種種誘惑和來自內心的

種種慾望，應把上述幾方面的要求化為自己畢生的行為準則，是為「貞操」。當然，如果丈夫去世後，妻子能立即自殺殉葬，則是最高層次的「節烈」。

從另一層面上來說，男性不喜歡自己所佔有的女性的小腳被他人窺探，一定要她們長裙拖地，把小腳完全掩蔽。所以纏小腳的婦女出門探訪親友、赴寺院進香、逛街、參會、看景時必然穿着一條長裙，這主要是防止別人看到她們的小腳，同時還必定要由婢僕陪同，當中一個重要原因則是防止她們自由行動。從古人所作的仕女圖以及大量的春宮圖來看，都看不到女性的小腳（即便男女做愛時女子也要用布帛緊裹小腳），這裏也有「此時無聲勝有聲」的韻味。

在當時的那種社會風氣中，對女性處女貞操的要求不斷強化，而纏足作為限制婦女行動，避免其「失貞」的一種有效手段，進一步得以推廣普及。所以流傳於民間的《女兒經》對此通俗地解說：「為甚事，裹了足？不因好看如弓曲；恐她輕走出房門，千纏萬裹來拘束。」

地位尊貴的象徵

綜觀千餘年的纏足歷史，纏足的風尚主要是在生活相對穩定的家庭、大家閨秀、風塵妓戶中。邊遠地區、山村農戶、下層婢女等裹足的比例相對要少，如有裹足，也往往是粗纏略縛。能纏得一雙令人羨慕的小腳，代表她的家庭生活相對而言較為優裕。在相鄰街坊之間，互相攀比腳的大小，成了纏足女人最重要的一種競爭。親朋好友對婦女一雙腳的褒貶，使得纏足習俗根深蒂固地扎根在人們的心裏。顯然，纏足自然而然地成為尊貴的象徵，為上層社會所倡導，為普通民眾所踴躍踐行。

明代沈德符《野獲編》記載：「明時浙東丐戶，男不許讀書，女不許裹足。」這裏把裹足變成了高貴婦人專有的裝飾。女子裹足與男子讀書一樣，成為進入

上層社會的必要條件。元代的伊世珍在《琅環記》中有這樣一段話：本壽問於母曰，富貴家女子必纏足，何也？其母曰：吾聞之聖人重女而使之不輕舉也，是以裹其足，故所居不過閨閣之中，欲出則有帷車之載，是無事於足也。

當時，大足女子還常常會受到嘲諷。例如明代有個叫馬湘蘭的妓女，足稍長，江都詩人陸無從就以詩諷刺：「吉花屋角響春鳩，沉水香殘懶下樓。剪得石榴新樣子，不教人似玉雙鈎。」

為了使女兒長大後能找個好婆家，做父母的不顧幼小女兒痛苦也要給她纏小腳。民間的「嬌男不嬌學，嬌女不嬌腳」之說就是很好的說明，愈是慈愛的父母，愈不能嬌慣女兒不去纏足。

漢族安逸的生活環境

宋代以來的千餘年中，絕大多數漢族婦女崇尚纏足，但主要集中在北京、天津、河南、山東、河北、山西、湖北等地。在較為邊遠的漢族下層勞動婦女中，不纏足者並不少見。福建、廣東的一些地方的婦女纏足之風並不普遍。「不入民籍之蜑戶（這裏是指游離、散居在廣東、福建等沿海地帶的漁民，他們以船為家，從事捕魚養殖等活動），無不赤足，冬時亦然」，可見她們皆是天足。

從社會環境來看，所謂「南船北馬」，指的是長江流域多以船代車、代步，這種情況並不具備產生纏足風俗的土壤。那時社會動亂，纏足婦女顯然難以躲避戰亂。平時，北方婦女串門聊天常常是在炕上盤坐，這也是一種禮儀。在這種姿勢下，隨時可以見到女子的腳，也有利於男子欣賞、撫摸。還有，北方乾冷的氣候也是利於纏足產生、發展的環境。

清代以來，江蘇、浙江、上海等地「有以婦女搖渡船者，皆天足」（《清稗

類鈔》第十三)。還有「舟中婦女,以皆天足,故於撐篙、蕩槳、曳纖、把舵之事,無不優為之,蒙霜露、狎風濤,不畏也,不怨也」。

漢族的客家婦女亦無纏足之習,「州俗土瘠民貧,山多地少,男子謀生多抱四方之志,而家事多任之婦人。故鄉村婦女,耕田、采樵、緝麻、縫紉、中饋之事,無不為之,潔之於右,蓋女工男工皆兼之矣」(謝重光〈客家先民與土著的鬥爭和融合〉)。這是與中國大部分地區傳統的「男耕女織」不同的分工格局,由此也就鑄就了這些婦女吃苦耐勞的性格和不纏足的習俗。

中國絕大多數少數民族亦無纏足習俗。在湘西、貴州等地的苗族,「男婦並作,山多田少」。據嘉慶《增城縣志》記載,在廣東「惟婢、僕及瑤、蜑、客民之婦,則終歲徒跣,視健步之男反過之」。在鄂西,「邑山多田少,男女合作,終歲勤動,無曠土,亦無遊民」(同治《來鳳縣志‧風俗》)。另外,北方遊牧民族,男放馬,女牧羊,「逐水草而居」,更無纏足之可能。北方的蒙古、哈薩克、塔吉克、維吾爾以及海南的黎族等女性更是不知纏足為何物。

從上述不纏足婦女的情形中,明顯看得出,與少數民族相比,主要聚集在中原地區的漢族婦女較早退出了農耕的生產領域,大門不出、二門不邁,相對安逸的生活環境,這也是漢族婦女纏足習俗得以產生、發展的一個重要社會基礎。

金蓮之名

中國婦女因纏裹而成的小腳為甚麼被稱為「金蓮」或者「三寸金蓮」?長期以來,人們對這個問題議論紛紛,卻很少有人能够給出一個圓滿、令人信服的解釋。

纏足由較大到極小，大體經歷了四個階段：第一階段是將已定型的成年女子的腳用布裹小一點。第二階段是起源時期的纏足，那時的標準相當於現在的五寸或四寸。第三階段是纏足的興盛時期——宋、元、明、清時期，那時纏足的目標僅為三寸，甚至更小一些。第四階段是辛亥革命後，纏足又從三寸逐漸變為四寸、五寸或更大一些，到了禁纏足運動後，有些女子纏了不久便放棄了，便稱為「解放足」（山東淄博一帶也有的叫「地瓜一摔」的）則與正常女足大小接近了。

　　從史料中看，金蓮的得名大致有三種說法：一種說法認為，金蓮得名於南朝齊東昏侯的潘妃步步生蓮花的故事：東昏侯用金箔剪成蓮花的形狀，鋪在地上，讓潘妃赤腳在上面走過，從而形成「步步生蓮花」的美妙景象。但這裏的「金蓮」是指金箔剪成蓮花的形狀，並不是指潘妃的腳。

　　再一種說法是，金蓮得名於前面講到的五代時窅娘在蓮花台上跳舞的故事。窅娘漂亮、多才多藝、能歌善舞，李煜專門製作了高六尺的金蓮台，用珠寶綢帶裝飾，命窅娘以帛纏足，使腳纖小屈上如同新月形狀，再穿上鮮艷的襪子在蓮花台上翩翩起舞，從而使舞姿更加優美。但這裏的金蓮指的是舞台的形狀，不是窅娘的腳。

　　還有一種說法源自民間的傳說。相傳隋煬帝東遊江都時，欲徵選百名美女為其拉縴，一個名叫吳月娘的腳纏得特小的漂亮女子被選中。她痛恨煬帝的暴虐，便讓做鐵匠的父親打製了一把鋒利的小刀，穿了一雙鞋底刻着蓮花的小鞋。隋煬帝召月娘近身，想玩賞她的小腳，吳月娘慢慢地解開裹腳布，突然抽出蓮瓣刀向隋煬帝刺去，隋煬帝急忙閃過，但手臂已被刺傷。吳月娘見行刺不成，便投河自盡了。事後，隋煬帝下旨：日後選美，無論女子如何美麗，裹足女子一律不選。此事傳到民間，女子為了不被選入皇宮，便紛紛裹起腳來。這裏的「蓮」說的是月娘小鞋底上刻的蓮花。

也有學者認為，小腳之所以稱之為金蓮，應該出自佛教文化中的蓮花。蓮花出淤泥而不染，在佛門中被視為清淨高潔的象徵。佛教傳入中國後，蓮花成為一種美好、高潔、珍貴、吉祥的象徵，並為中國百姓所接受。在中國人的吉祥話語和吉祥圖案中，蓮花佔有相當的地位，而以蓮花來稱謂婦女小腳當屬一種美稱是無疑的。另外，在佛教藝術中，菩薩多是赤腳站在蓮花上的，這可能也是把蓮花與女子小腳聯繫起來的一個重要原因。

　　由於纏過的腳形狀近似蓮花的花瓣，而中國人又常常有因物貴而在其前面加上「金」字的習俗，如金口、金睛、金言、金鑾殿等，因此，纏足也完全有因其纖細嬌美而獲「金蓮」之雅號的可能。

　　在以小腳為貴的纏足時代，在「蓮」字前面加一「金」字而成為「金蓮」，當屬一種表示珍貴的美稱。因此，後來的小腳迷往往又根據大小再來細分貴賤美醜，以三寸之內者為金蓮，以四寸之內者為銀蓮，以大於四寸者為鐵蓮，被稱為金蓮者最為高貴。於是言及金蓮勢必三寸，即所謂三寸金蓮。後來金蓮也被用來泛指纏足鞋，漸漸地金蓮成了小腳的代名詞。

　　另一種可能性也是存在的，古代上等人家的婦女都喜歡對繡鞋加以修飾，也有在鞋上繡金或飾金的。所以，用金蓮來形容女子小巧纖細的雙足應該是最恰當的了。

異曲同工的身體變形藝術

1

2

3

1 十六世紀上半葉法國皇室女性金屬塑身衣。矮胖的
　法國國王亨利二世的王后卡特琳，為了打敗美得跟
　仙女似的小三狄安娜，曾經穿上由化妝師製作的鐵
　製塑身衣，其腰圍達到了驚人的四十厘米。

2 歐洲婦女的塑身衣。那個時候，西方人的審美觀念
　是蜂腰豐臀，女士為了使腰肢纖細，用鯨骨做裙
　撐，並用鎧甲般的硬帆布束緊腰部。上層社會婦女
　更是以如中國古代裹小腳般的方式，從少女時代就
　穿起緊身衣塑造體形，以至於影響到其內臟發育。

3 歐洲婦女殘忍的「小蠻腰」。女人要美麗總得付出有
　損身體健康的代價。

1 東非遊牧民族馬賽人的拔門牙和穿耳洞。馬賽女孩生下來就扎大耳洞，以後逐漸加大飾物的重量，使耳朵愈拉愈長，洞也愈來愈大。

2 非洲女性以去掉或破壞門牙的自然排列為美。

3 穿大耳洞並戴有飾物的馬賽長者。

4 穿耳洞的馬賽青年。馬賽傳統男子的身體標誌：缺少一顆下門牙和長可及肩的大耳洞。

如何纏成小腳

十九世紀，一個西方人布萊森夫人寫了一本關於中國的書 ——《中國的兒童生活》，其中記述了中國婦女的裹腳：「裹腳時先將帶子的一端放在足背下，然後纏住四個小腳趾，裹到腳底下，用另外一根繩子將腳後跟與母腳趾拉緊靠近，在腳底下留個缺口。纏完時，帶子的頭就被牢牢地壓住，這樣過一兩個星期。此外還要不時地更換新帶子，但動作要迅速，否則的話，血液會在失去知覺的腳內重新流通，那疼痛是無法忍受的。」（見《十九世紀西方人眼中的中國》）

這段描述僅僅是對中國婦女纏小腳的簡單表述。其實纏足是一個系統繁雜的工程，中間需要經歷痛苦的過程。根據眾多資料及對部分纏足婦女的了解，筆者從以下幾個方面做些解讀。

纏足的適齡年紀

纏足的作用在於限制腳的長大，所以纏足的年齡自然是愈小愈好。但是太早裹足，又怕腳裹好了無法走路，也怕年紀太小，無法忍受疼痛，所以通常情況下，父母大都在女孩五六歲時開始張羅為她們裹腳，較早的四五歲時就有人開始裹腳。

因各地風俗不同，裹腳的年齡也略有差異。日本學者佐倉孫三在《颱風雜記》中有這樣的記載：「少女至五六歲，雙足以布分縛之漸長漸緊，纏使足趾屈回小於蜷，倚杖或人肩才能步。」

林琴南《小腳婦詩》：「五歲六歲才勝衣，阿娘做履命纏足 ……」鄭觀應《盛世危言 · 女教篇》：「婦女纏足 …… 或四五歲，或七八歲，嚴詞厲色凌逼面端，必使骨斷筋摧 ……」《闊斧記》中有：「大凡女子生不到七歲便將雙足裹起 ……」

宋代車若水《腳氣集》：「婦人纏足不知始於何時，小兒未四五歲，無罪無辜，而使之受無限之痛苦……」

《腳氣集》著於咸淳甲戌年（1274），綜觀所述，至少從宋代，女子在四五歲的時候就有人開始纏足了，如等年紀長大腳骨長硬，關節韌帶活動性消失之後再裹，不但很難成功裹小，裹的時候所受痛苦也愈大，所以到了七八歲還能裹得好，十歲以後裹起來就會非常困難了。

選擇纏腳的時間也是很重要的事情，因為腳裹上布捂着很熱，所以一般都是到秋季天氣涼爽的時候開始裹。清代顧鐵卿的《清嘉錄》卷八中有一段描述：「（八月）廿四日，煮糯米和赤豆作團，祀灶，謂之粘團，人家小女子，皆擇是日裹足，謂食滋團纏腳，能令脛軟。」

因為裹腳要拜小腳娘的，而八月廿四日是小腳娘的生日，所以大部分的女子都會選擇那天開始裹足，也有人翻黃曆或《玉匣記》（相傳為東晉道士許真人所著，是集各類占卜術之代表作。此書迎合了中國人的「貴中求和，近利遠害」的心理，假託諸葛亮、鬼谷子、周公、袁天罡等先賢之名而作，曾成為家家必備的床頭書），擇「纏足吉日」開始纏足彰顯吉利。

纏足前的準備

物品準備清單

1. **裹布數條**。要長一點，漿好，這樣纏到腳上才不會擠出皺摺。
2. **平底鞋數雙**。鞋形稍帶尖，鞋子大小寬窄要能隨着纏腳的過程慢慢縫小、縫瘦。

3.**睡鞋兩三雙**。適當鬆軟一些，睡覺時穿着，可防裹布鬆開來。

4.**針線**。裹布纏妥後，把裹布的縫及裹布的頭密密縫好。

5.**棉花少許**。纏足時腳骨凸出的部位，穿鞋時用棉花墊着，免得把腳磨破。

6.**腳盆及熱水**。纏足前用溫水洗腳。

7.**小剪刀**。修腳甲用。

纏裹過程

1.**試纏**：先讓女孩用熱水將雙腳洗乾淨，乘腳尚溫熱柔軟時將大拇腳趾外的其他四趾盡量朝腳心拗扭，在腳趾縫間撒上明礬粉，讓皮膚收斂，還可以防霉菌感染，再用布包裹。裹好以後用針線縫合固定，兩腳裹起來以後，往往會覺得腳掌發熱。母親會指導孩子先輕輕攏着，讓兩隻腳漸漸習慣這種拘束，再一次一次慢慢加緊，這樣大約反覆一個月左右。

2.**試緊**：就是將裹腳布慢慢收緊，讓足部肌膚受到的壓力一次比一次緊，以兩腳能忍受的小痛為極限。纏的時候預先纏第二、第五兩個腳趾，使其向腳底蜷屈，連帶的第三、第四兩個趾頭也就跟着向腳底蜷屈。試緊的時間需要一個月左右。

3.**裹尖（裹腳趾）**：纏的時候，要用力把裹布纏到最緊的程度，每次解開來重纏的時候要將四個蜷曲的腳趾頭由腳心底下向內側用力勒緊，每纏一次要讓腳趾彎下去多壓在腳底下一些。同時還要把四個蜷曲的腳趾，由腳心底下向腳後跟一一後挪，讓趾頭間空出一些空間來，免得腳纏好以後，腳趾頭擠在一起。一直要纏到小趾壓在腳腰底下，第二趾壓在大拇趾關節底下才可以。纏好要用針線緊緊地把裹布縫起來，硬擠進尖頭鞋裏，然後要求女孩到處走動。白

天一雙腳痛得寸步難行，到了晚上還蒸熱煩悶。有些女孩難以忍受，試圖放棄，但是在父母的勸說下，終究還是堅持了下來。纏到最後，第三、四、五的腳趾關節會嚴重地扭傷甚至脫臼，扭傷脫臼的時候腳會腫得很厲害，皮膚也變成瘀紫色，但是裹得仍是一日比一日緊，直到消腫了腳趾都纏到腳底下去，這才算完成了裹尖的過程。

4. 裹瘦（裹腳頭）：裹瘦的過程是把小趾骨（也就是外把骨）向下向內推蜷入腳心，把小趾跟的部位向腳心內側往下用力拗下去，然後用裹布勒着拉緊。裹尖時第二、三、四、五趾不過壓在腳底下一半，裹瘦時要把外把骨纏倒，足趾當然壓入腳心內側更多，纏到最後，第三、四、五個腳趾尖要能碰到腳掌內緣，才算完成裹瘦的程序。這個過程差不多得用半年的時間，強忍痛苦挨到腳趾頭都抄到腳內側邊，由腳內緣能摸到腳趾頭，這樣才算是瘦到家。潰爛的傷口，處理不當往往愈來愈嚴重，到最後甚至會導致小趾腐爛脫落形成慢性骨髓炎。可見，要纏得一雙好小腳，須得歷盡千辛萬苦，這也是纏足婦女對其小腳的珍視、呵護勝於一切的因由所在。

5. 裹彎（裹腳面）：腳掌裹瘦了以後，便進入裹彎的過程。裹彎是要在腳底掌心裹出一道深深的陷凹，陷凹愈深，腳掌弓彎的程度愈厲害，裹到腳掌折成兩段，前段的腳掌與腳跟緊靠着，中間一道深縫，小趾夾在深縫裏，腳背因為腳掌彎折的關係，向上膨起成高坡狀。裹彎了以後腳的長度就明顯的縮短，當然三寸最好（大約相當於一百毫米左右）。一般而言，纏足裹彎的時候痛苦情況稍為緩和，但是在南方有些地方腳掌裹瘦並不十分下工夫，到了十幾歲才開始裹彎，這時候痛苦就非常厲害。如腳裹瘦不夠工夫，就直接把腳裹彎，往往裹好以後腳會變成像香蕉一樣的腳形，非常難看。腳由平直拗成拱橋狀，再成馬蹄狀，直到腳尖腳跟緊靠在一起，腳弓縮得無可再縮的時候，才算是裹成一雙標準的小腳。

6. **特殊裹法**：纏足的過程主要是把關節扭曲，並把腳上的橫弓和縱弓扭到最大的限度，所以標準的裹腳方法都是用布條纏裹扭曲，讓關節屈到極限。這個過程扭傷、脫臼幾乎是必然的，等關節扭過去腳自然蜷曲弓小，這是正常的裹腳方法。但是，如果女孩裹腳起步較晚，或是沒有掌握正確的纏腳方法，或是追求裹出特別纖小的情況下，除了用裹布纏裹以外，還需要借助其他的方法，比如：夾竹片、石板壓迫、裹入碎瓷、棒槌用力捶打等等。

另外，北方地區由於氣候乾燥，纏腳前小女孩通常先要泡腳。還有的地區在為小女孩裹腳前，先將羊羔或雞開膛破肚，令女孩將腳伸入其內，浸兩腳黏糊糊的血，目的是讓腳更加柔軟。

中國幅員遼闊，各地纏足的目的儘管相同，但具體細節和方式又有許多區別，但「小、瘦、尖、彎、香、軟、正」則是最高標準和終極目標。

7‧**金蓮的保養**：中國南方高溫潮濕，北方寒冷乾燥，所以通常南方婦女大約一至三天就得洗一次腳，而北方婦女則七到十天才洗一次。一般人洗腳是一件很簡單的事，但是對纏足婦女來說，洗腳卻很繁瑣。纏足婦女最忌諱讓人看到腳，所以洗腳的時候，一定要把自己關在房間裏，緊閉房門，以防有人闖入。燒一盆熱水，準備好洗腳用的輕石、乾布、小剪刀、礬粉、裹布、香粉，然後坐在小椅子上把腳上的腿帶、飾褲、弓鞋、布襪，一層一層地解掉。

隨着裹腳布一層層解開，血液會快速流進腳掌，引起麻、痛，尤其到了最後一層，往往因為血水和着裹腳布緊黏在腳掌的皮膚上，撕開來異常疼痛難受，所以最後一層要解得更慢。如果在裹小的階段，為了怕解開裹布浸洗會把腳放鬆變大，也有人和着裹布浸洗的。洗腳水要愈熱愈好，這樣可以促進血液循環增加足部柔軟度。有的在水裏加上香花、香料，待腳浸熱了，才用手擦揉。

久裹的腳，腳上都帶着一種特殊的黏性，用手慢慢地把那層黏黏的洗掉，陷折的腳心和藏在腳心裏的小趾是最難洗的部位，扳開畸形的足趾一摺一縫地

清洗，再以輕石磨去腳趾上的硬皮。

關節摩擦的位置容易長雞眼，要用長針挑去或用小剪刀修掉。腳趾蜷在腳心裏，趾端往往陷在腳掌皺摺裏，趾甲一長出來就會刺到肉裏，所以得把拗折畸形的腳趾一隻隻舒展開來，把腳趾甲修得極短後再放回陷窩裏。

大拇腳趾為了裹得尖生動人，兩側承受極大壓力，很容易被趾甲刺破造成甲溝炎，所以腳拇趾趾甲尤其得好好剪短，特別是兩個角邊得修得圓短，這才用乾布擦拭。有的人在裹之前用雙手用力按着金蓮，朝理想小腳的方向忍痛按幾次，在腳上撲上白礬粉，尤其在趾縫裏要多撲一點，可以除去濕氣，腳才不容易潰爛。也有人往腳上撲上香粉增加小腳的香味，換一條洗淨的裹布纏起來。

有時候剛洗好的腳不容易纏緊，得把腳抬高幾個小時，再把裹腳布解開幾層來重新束緊。腳裹好了才着襪穿鞋，因為小腳的妝飾都是合着尺寸自己做的，穿在腳上極為緊密貼身，所以着襪着鞋也都很費時，往往一次洗腳下來得花上一兩個小時。

小腳的優劣

怎麼樣的一雙小腳才是人人「稱羨」的？各有不同的看法。流傳較廣的有金蓮七字訣：瘦、小、尖、彎、香、軟、正，是一般人品評小腳的標準。李漁提出了香蓮三貴：「肥、秀、軟」；方絢在《香蓮品藻》中列出金蓮三十六格：「平正圓直，曲窄纖銳，穩稱輕薄，安閒妍媚，韻艷弱瘦，腴潤雋整，柔勁文武，爽雅超逸，潔靜樸巧。」在這裏，他把品評女人小腳的學問發揮到了極致。

民國初年陶報癖的《採蓮新語》用「小、瘦、彎、軟、稱、短、窄、薄、銳、平、直」，十一個字來品評小腳。另外，燕賢的《小足談》還提到小足

二十美:「瘦小香軟尖,輕巧正貼彎,剛折削平溫,穩玉斂勻乾。」等等。這麼多的品蓮標準,目的是想要告訴人們,女人的腳不僅僅只要裹得小就好,其中還有眾多的學問。清代、民國時,還有人根據小腳的形態、質地、姿勢、神韻列出幾十種要求。

歷來說法很多,概括一下,較為通俗且為絕大多數癡迷纏足的男子認同的是李壽民的分類。

李壽民是二十世紀中國最著名的武俠小說家之一,他的《蜀山劍俠傳》至今被一眾武俠小說家稱作經典之作,曾在全國風行,並遠銷東南亞及世界各地。但人們大概並不知道李壽民還有兩個最大的嗜好,一是抽鴉片,二是喜歡婦女的小腳。他的《品蓮說》對女人的小腳標準做了較為明確的界定:

上等的金蓮分三類:

1. 兩足端端正正,窄窄弓弓,纏到三寸大小,這叫四照金蓮。如果穿上木底弓鞋,走起路來腳會在地上留下印,好像蓮花的瓣,因而叫做蓮瓣。兩腳前頭尖銳,好像菱角,因而又叫做紅菱。

2. 兩腳纏得細長,形狀如同竹篾,因此叫做釵頭金蓮。

3. 兩腳纏得腳底下很窄,腳背平正,其形如弓般彎曲,故叫做單葉金蓮。小腳裏墊着較高的底,稱做穿心金蓮。如果僅僅是後跟高,則叫做碧台金蓮。

中等的金蓮分五類:

1. 兩腳纏得四寸或五寸,形狀端端正正,腳上沒有稜角,故叫做錦邊金蓮。

2. 兩足纏得雖是豐隆,卻不過肥,好像菱角與鵝頭的樣子,故叫做鵝頭金蓮。

3. 儘管兩足纏至稍稍大於五寸,但是十分周正,翹起來也可以讓男子把玩,因此叫做千葉金蓮。

4. 腳趾勻正,行步時腳尖向裏,成裏八字形,因此叫做並頭金蓮。

5. 銳趾外揚,行步腳尖向外,成外八字形,因此叫做並蒂金蓮。凡不屬上

述類型的金蓮，就是不入類的了。

各地小腳的特色

　　中國幅員遼闊，各地纏足方法、年齡、要求、順序不盡相同，這樣就造成了各具特色的蓮形。一般而言，北方人身材較高，腳形比南方人長些，裹起來會比南方人裹得長些，但北方地區天氣寒冷，雙腳久裹不容易潰爛、生癬，因此不需要經常洗滌；加上北方鞋子較厚，裹布也能多裹些，這樣的條件下有利於把腳掌裹瘦，所以比起南方婦女容易纏得標準。

　　南方天氣炎熱，裹布或鞋子太厚，腳會覺得發熱，裹的時候反摺的趾背下，沒有墊上厚厚的一層保護，不方便步行，所以南方婦女裹腳重點在裹彎上面。南方人原本比較矮小，當然腳也小一些，再加上拱彎就能達到短小的目標。在台灣或廣東順德、東莞一帶，常有纏小到兩寸左右的小腳，短小的程度是北方婦女所無法企及的。

　　有人對全國各地小腳的特色加以概括總結：

江蘇揚州腳：細長纖直；

浙江寧波腳：短小背隆，圓如馬蹄；

湖南益陽腳：纖瘦短小，腳背平直；

廣東順德腳：短小尖生；

閩台小腳：短小、跟粗背凸；

蘇州腳：尖端微翹，腳身肥軟。

　　說到最為標準的小腳，當屬山西大同，這裏也是小腳最興盛的地方，合乎「瘦、小、尖、彎、香、軟、正」七字律的最多，曾經是全國最知名的小腳王國。

纏足器具

1　纏足腿帶。
2　裹腳布。
3　鞋樣。
4　纏足椅。
5　纏足便器。
6　蓮花盆（洗腳用）。

1　鞋具。
2　靴墊。
3　藕覆。
4　金蓮小襪。

鞋文化和小腳鞋

1 雲南昆明。
2 內蒙古呼和浩特。
3 四川都江堰。
4 四川阿壩。
5 山東曲阜。
6 山東龍口。
7 山西臨汾。
8 福建仙台。
9 江西南昌。

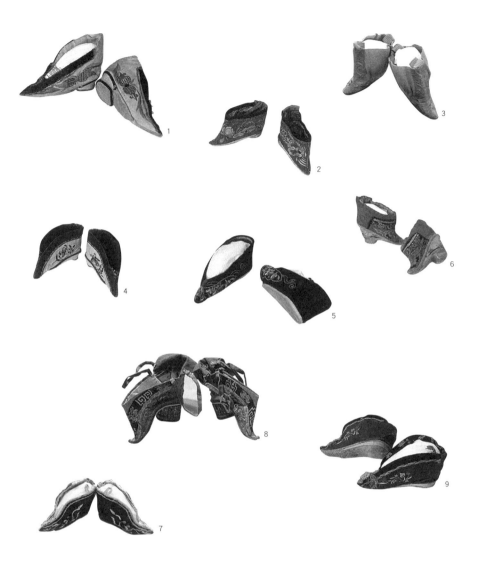

1　浙江嘉興。
2　湖北武漢。
3　福建晉江。
4　遼寧。
5　湖南長沙。
6　甘肅天水。
7　江蘇南通（清朝末年）。
8　陝西西安。
9　河南安陽。

腳是一種色情器官，鞋則是它的性外套。古今中外，鞋子扮演了一個活潑的性角色。鞋子除了是一種簡單的護腳的物體之外，還承載着一種性外套的功能，各種時髦的鞋子都具備腳的色情藝術裝飾品的作用。

金蓮鞋的審美功能

　　鞋子最早產生時的主要功能僅僅是在生產和生活中保護人們的腳。隨着人類文明程度的提高和審美觀念的變化，便開始發生演變，逐漸體現出濃厚的文化內涵和審美情趣。纏足風俗以及三寸金蓮的稱謂無論是始於先秦、南北朝、隋唐還是宋代；也無論是否源自步步生蓮花的潘妃，還是刺殺隋煬帝未遂的吳月娘；還是纖腳彎小曲如新月的窅娘，都寄予了人們對女人小腳美的認同。一致的說法是，從她們開始，宮內外皆仿效之，逐漸形成了婦女之足以小、瘦、尖為美、為貴的民俗。

　　鞋子本身作為人類服飾之一，除了具有保護功能外，還起着美化人體的作用，因此從藝術的角度看，鞋子也是一種藝術品，具有非常現實的藝術欣賞價值。

對女子形象的重新塑造

　　從文化科學的角度看，各個不同歷史時期鞋子的款式、品種、材質和當時的社會生產力、社會文明程度，及其人們的價值觀念、審美觀念和民風民俗是相聯繫的，因此鞋子也濃縮和反映了不同時期的社會發展狀況。很明顯，中國獨有的三寸金蓮可以說是對女性進行了重新的塑造。

　　在過去一千多年的歷史中，女子必纏足，纏了足，才更像一個女人。不纏

足的女人，不但顯得粗俗，也常常標誌着她的社會地位低下。擁有一雙纖小周正的金蓮乃是大家閨秀所必備，腳裹得不够標準，在眾人面前，尤其是較為莊重的集會，不用別人說，自己也會自慚形穢。

南北兩派

由於中國疆域遼闊、民族眾多，因此各地受民族風俗、文化背景等影響而有所不同。不過，大體上來看應當分為南北兩大派風格：南派以浙江為代表，北派以京津冀為代表。相對來講，南派的小腳鞋比較別緻、細膩、繡工考究，而北派的則較厚重、粗獷、落落大方。

花樣不斷創新

在長期的社會實踐中，婦女們還絞盡腦汁在鞋子的小、奇、巧上玩花樣。從明代起，山西大同一帶婦女的小腳鞋就曾經有一種叫做「梅花底」的樣式，她們將弓鞋的木底鏤空刻作五瓣梅花形，中間灌上白粉，走路的時候，小步姍姍，步步留痕，地上綻出朵朵梅花。有的婦女還着意裝飾小腳，鞋面鞋幫上描龍繡鳳、花卉蟲鳥，使其五彩繽紛，爭奇鬥妍。為了贏得男人們的賞識，有些婦女還用鳳仙花搗爛後的汁水染腳，雙腳染得就像一對小紅菱，有的還常常往腳上抹灑香料，使小腳時時散發出誘人的香味。

金蓮鞋的禁忌

與服飾制度一樣，清朝的鞋飾制度也十分嚴格。一般女子不可在包括「三

寸金蓮」在內的鞋飾上用金繡和珍珠，不可飾龍鳳，不可穿用黃色，至多只可穿杏黃色，貴族女子可穿金黃色（即深黃色），違者照律治罪。為了漂亮，平民女子也只能在「金蓮」上裝飾絨球、銅鈴、蝴蝶以及刺繡各式花鳥圖案。

其他功用

三寸金蓮鞋可以說是琳瑯滿目、美不勝收。其中包括性功用（閨房情趣）、審美功用（金蓮有所謂「三貴」、「四美」、「五式」、「九品」、「十六景」）、舞台表演功用（三寸金蓮長期以來都是舞台上的重要表現內容）、珍藏功用（精美的弓彎繡鞋不僅在現代，就是在當時也為人們喜好和收藏）、娛樂功用（金蓮小鞋可作為投壺用品及鞋杯）等等。可以很自豪地說，世上只有中國的三寸金蓮才把鞋的功用發展到了極致。另外，在史料以及一些收藏家那裏，還有一些各個時代鑄造的小鞋、雕塑小鞋、木質小鞋、陶瓷小鞋等等式樣，這在鞋類史上可以說是獨一無二的。

宋元明清繡鞋式樣和特色

在中國千餘年漫長的歲月中，伴隨着纏足風氣的日盛，勤勞、智慧的中華兒女創造了豐富多彩的纏足文化。在這個發展過程中，小腳鞋子的發展也與之相適應，單從鞋的種類看就多達千餘種，例如粵式弓鞋、古式晉鞋、深臉圓口鞋、合臉鞋等等。其款式與花樣琳瑯滿目、應有盡有，絕不在當代花樣繁多的意大利或法國的現代女性高跟鞋之下。正因為如此，歷代女性纏足不但深受當時廣大婦女同胞的喜歡，而且也成為了中華傳統文化的重要組成部分。

宋代是婦女纏足風氣大盛的時期，宋話本小說《碾玉觀音》中有「蓮步半折小弓弓」之句，婦女腳步之小可見一斑。折，為拇指和食指伸開時的間距。「半折」指這一間距的一半。一般來說，「折」為五寸至六寸，那麼半折當為二點五寸。「小弓弓」是指纏足後的弓形腳底（也指鞋底）。而《楓窗小牘》中也有「衣靴弓履」之句。弓履就是纏足者所着弓形底鞋。宋朝的「三寸金蓮」以錦緞作鞋面，上繡各種圖案，並按材料、製法和裝色分別定名為繡鞋、錦鞋、緞鞋、鳳鞋、金鏤鞋等。宋代以後詩文中的「金蓮」一詞很多是指這類的鞋子。當時，各地祠堂廟宇所塑的女像，除具有宋代婦女典型的服飾特點外，皆足着小鞋履。

　　宋代婦女繡鞋的另一特點為鞋色。其與秦漢、隋唐崇尚紅、紫、藍、綠等濃艷色彩不同，講究一種淺、淡、柔和的間色，如鵝黃、粉紅、淺灰、淡青、素白等。這一鞋色一直影響到元、明、清。但是，在宋初鞋色仍受唐代影響，以大紅為主。宋代也有不纏足女子，她們一般穿着圓頭、平頭和翹頭鞋飾。

　　元朝時由於受蒙古族生活習俗的影響，朝野普遍着靴。蒙服一般為身穿袍襖，足着軟靴，但對民間漢族女子的影響並不大。元代仕女漢服仍承繼宋制，一般下穿百褶裙，裙長及足，腳穿尖頭繡鞋。元朝王實甫的《西廂記》第三本第三折中就有「金蓮蹴損牡丹芽」之說。這句詩是元朝民間漢族女子鞋飾的一個縮影，儘管蒙族女子普遍着靴，但漢族女子依然以「三寸金蓮」唯美。

　　在元代，「金蓮」一詞，其基本含義是指穿上女鞋的纏足女，也有指代纏足的。女子的小鞋也有其他稱謂如羅鞋、繡鞋、弓鞋、鳳頭鞋、玉鈎等。元代女鞋的顯著特點是窄和弓。到了元代後期已有「三寸金蓮」的記載。

　　明朝時，「三寸金蓮」似乎又有進一步發展的趨勢。明代纏足的勢頭極盛，甚至成為品美之最好標準。《孟蜀宮妓圖》所畫明代仕女着常服時即足着尖頭小履。此外，據史料記載明代後妃仕女着禮服、便服時也着尖頭繡花小鞋。明代

命婦服式中之鞋履當也為尖頭小履，且繡飾花紋。《西遊記》中就有這樣的詞句：「鳳嘴弓三寸」、「緗裙斜拽露金蓮」。小說源於民間，「三寸金蓮」一詞在書中頻繁出現，正是社會風貌在作者頭腦中的真實反映。此外，明代唐寅所畫五代故事中的《四美人圖》不僅有了五代飾的影子，而且婦女均着弓形底鞋，這是今天所能見到的不多的弓形鞋圖像。

清代婦女繡鞋的紋飾也頗有講究：年輕女子多繡牡丹，意為富貴榮華。老年婦女多繡蝙蝠，意為多福多壽。當時的一些大戶人家，還根據家中女人腳的大小，制定了所穿鞋子的規範。例如，被譽為中國商人偶像的清代巨商胡雪巖，除了要求他的女人們不得穿裙子，只穿襖褲，以便於他隨時觀看水紅菱似的小腳鞋尖兒外，還有一套區別鞋式等級的詳細準則：「足小至三寸以內者，特許御大紅平金之鞋；四寸以內者，粉紅繡花之鞋；五寸以內，雜色之繡花鞋；五寸以外，只許穿青布鞋。」除了尺寸之外，鞋式等級亦依身份論定：婢女和姬、妾雖然都穿紅羅睡鞋，但前者的花色只能繡在鞋尖，後者的則整個鞋面皆有花繡。胡雪巖的近侍，日間亦可穿着睡鞋，以方便他「隨時摩挲為樂」。在夏天，他的侍寢婢妾所着睡鞋以玉為底，以便於他「握之生涼」。

洋人也戀足

有資料顯示，美國人每年約花費一百五十億美元巨款購買大約十億雙鞋子，有專家說其中有八成的鞋都是為了增添性魅力而設計製作的。不過這種原始動機常常被她們稱為「時尚」，這其實不過是性慾求的一種替代說法。關於人類之腳的自然的性功用，人類學家、心理學家等研究專家已為我們列舉了大量的例證。在印度教、基督教、猶太教、伊斯蘭教、佛教等的古代經典中，也

都可以看到腳的性功用的影響。同樣的影響也存在於大部分社會的習俗之中，存在於各國的傳說、神話、傳統文化之中。在美術、詩歌、戲劇、哲學之中，腳充當着引人注目的重要角色。在人類有關求婚、結婚及生育等的儀式中也能見到它對性的影響。在醫學文獻中，對腳的性功用的論述更是屢見不鮮。

不過，腳的性功用最富戲劇性地表現在日常生活之中，人們在日常生活中往往通過鞋子來表達自己的性感覺和性心態。

法國作家福樓拜，被史學家評定為有嚴重的戀鞋癖，他經常對着女人的短靴出神，他在自己的名著《包法利夫人》中寫道：每當他決心擺脫愛瑪身上使他着迷的東西時，「一聽見她（愛瑪）的靴子響，一切決心立刻土崩瓦解，就像酒鬼見了烈酒一樣」。

童話故事《灰姑娘》也是一個經典的戀鞋故事，王子將他全部的感情寄託在那隻小巧玲瓏的玻璃鞋上，雖說灰姑娘十分漂亮，但實際上王子找的就是她那一雙小腳和小腳鞋。

大概美國人是最晚才意識到腳與鞋子的色情意味的民族之一，但它的龐大的製鞋行業，卻忘不了為突出腳的性意味絞盡腦汁。一本題為《靴子與鞋子的記錄》的工業貿易雜誌「性與鞋」專欄裏有這樣的描述：腳和鞋子的性魅力是確定無疑顯而易見的，這種魅力自古以來就在我們的生活中扮演重要的角色，但是美國人是後來才發現這一世界其他國家的人幾千年以前就熟知的事實的。

哈伍洛克‧埃里斯在他的《性心理研究》裏說：「在所有形式的性象徵物中，最常見的是那些把腳歸於理想化的象徵物……腳也是身體中最有誘惑力的部位。」

德國心理學家艾格雷芒特在他的經典性著作《腳與鞋子的象徵意義及其色情性》中說：「赤裸的腳是表現性魅力的一種方式。腳和有關性的事物有着密切的聯繫。」

著名的精神病學者卡爾‧梅林傑爾在其《人類心靈》中寫道：「世界各國的神話和民俗裏有大量的材料表明，腳與性觀念有着緊密的聯繫。在某些地方的某些時期，人們甚至覺得裸露腳比裸露生殖器更可恥。在世界很多地方，人們認為一個女人在大庭廣眾之中裸露出自己的腳是丟臉的，即使穿着鞋子也是如此。婦女把腳和腿包裹、裝飾起來，從而使它們更加引人注目，具有多種特殊的心理學價值，其中有意識到的，也有潛意識的。它們表現出相當的性特色，因而被看成是極有價值的器官。」

康涅狄格大學的社會學家瑪麗‧勞‧羅森克蘭茲在她的《概飾概念》中說：「很多人把鞋子和腳當作一種性象徵。」

心理學家貝爾納德‧盧多夫斯基在他的著作《過時的人體》中寫道：「脫掉異性的鞋襪是性佔有的一種象徵。的確『腳』一字經常被用作生殖器的委婉說法。」

作為色情狂著稱於世的卡薩諾瓦在他的回憶錄中聲稱：所有像他一樣對女人感興趣的人都被女性之腳的性魅力誘惑。

韋萊特‧卡林漢姆在其著作《女人為甚麼穿衣服》中表明了同樣的看法：「女人的腳具有不同尋常的性魅力。拋開男性生殖器不說，腳是人體中最常見而持久的男性生殖器的象徵。這一點也不神秘。從進化論、心理學和歷史等方面來看，人類的腳與男性生殖器的聯繫都是很有道理的。」

文學中的小腳鞋

中國古代文學作品中有許多關於小腳鞋的描述，尤其明清小說中則是十分普遍存在的。這裏僅以《聊齋志異》的部分內容作簡要介紹。

在《聊齋志異》中，除了有許多形容女子金蓮尖尖如竹筍的細膩描寫之外，對小腳鞋兒的描寫有力地烘托了人物的形象。

《蓮香》，說的是有一名叫桑生的男子獨居古宅，朋友問他：「君獨居，不畏鬼狐耶？」笑答曰：「丈夫何畏鬼狐？雄來吾有利劍，雌者尚當開門納之。」聽他說的豪邁，朋友決定試他一試：朋友找了一個妓女，晚上的時候讓她爬梯子翻牆進去了院子，敲他的門。桑生問是誰？妓女說是鬼。桑生驚恐萬分，嚇得魂飛魄散，上下牙齒打的直響。

天一亮，桑生就去找朋友一一告別，朋友問何故，他說昨夜遇鬼。朋友鼓掌曰：「何不開門納之？」桑生才知被捉弄了。

就是這麼個桑生，後來遇到了真正的女鬼且外加一個女狐，先是二女互相指責對方為異類，後又和解，共事一夫，最終雙雙轉世為人，而桑生則享盡齊人之福。

故事中的女鬼最為得意的，就是自己的那一雙繡鞋，連那女狐都因此而譏諷女鬼。女鬼與桑生一夜風流後「贈繡履一鈎」，還說：「這是我腳上穿的一隻鞋，你留着玩玩，可以寄託相思。但周圍有人時你千萬別拿出來。桑生接過信物在手裏一看：繡鞋兩頭微微翹起，像鈎線用的錐子，很是喜歡。第二天他拿出繡鞋欣賞時，女子便翩翩而至，兩人纏綿一番。從此，只要桑生拿出繡鞋，女子便會應念而來。女鬼轉世為人後，第一件事便是向桑生討還鞋子。當她試着穿鞋子時，發現腳比鞋子小了一寸，大吃一驚，就像天塌了一樣，自己幾乎要死。

因為是「下體所着」，所以囑咐桑生「有人慎勿弄」，可見鞋子被當時的女子視為極為私密的物件，是丈夫（或者情人）以外的人絕對不可以看見的。

在《聊齋》的另一篇〈鳳仙〉裏，鞋子卻被人拿出來示眾，供酒肉朋友一起賞玩，這對那女主人來說，無疑是奇恥大辱。

有一劉生，「性好修飾，衾裯皆精美」。也許是太精美了，竟然被狐女八仙用來跟她的情郎幽會。被劉生撞破後，倉皇出逃中遺落紫綺褲一條。劉生以此要挾，竟得到一位絕色佳人，此佳人就是八仙的三妹鳳仙。纏綿過後，兩人產生感情，鳳仙偷偷將大姐的繡鞋交給劉生，並且囑咐他要故意向外張揚。劉生果然拿着這雙繡鞋在人前炫耀。想一睹繡鞋風采的人則出錢出酒，以求一睹為快。

做姐姐的不惜以妹妹換回自己的一條褲子，妹妹則當仁不讓，偷出姐姐的一雙鞋子讓情郎示眾。

於是，姐姐羞怒難當，舉家遷移，以拆散二人。儘管最終姐妹和好，但仍是利用鞋子互相惡搞不斷。

〈績女〉一文中有個費生，為了一見絕色佳人的風采，不惜變賣家產，但女子答應只能隔着簾子見面說話。當費生從簾子下面看到佳人露出一雙可愛的繡鞋時，即刻神魂顛倒、如醉如癡，禁不住拜倒在地，隨即題一首《南鄉子》：

> 隱約畫簾前，三寸凌波玉筍尖；點地分明，蓮瓣落纖纖，再着重台更可憐。花襪鳳頭彎，入握應知軟似綿。但願化為蝴蝶去裙邊，一嗅餘香死亦甜。

《聊齋》寫了這些例子，無非是想說明兩點：一是，小小的鞋兒對女人的重要性；二是，小鞋兒對男人的致命誘惑。

很明顯，在纏足習俗風行中國的千餘年中，無論是在文學作品中、戲劇舞台上，還是在現實生活中，小小的繡鞋往往擔當着示愛於情人的信物角色。

清代有一部收集了許多民間俗曲的集子《霓裳續譜》，其中有兩首《怯寄生草》：

其一：

> 紅繡鞋兒三寸大，天大的人情送與冤家。送與你莫嫌醜來休嫌大，在人

前千萬別說送鞋的話;你可要秘密地收藏,瞞着你家的她。她若知道了,你受嘟噥奴挨罵,到那時方知說的知心話。

其二:

> 紅繡鞋兒三寸大,穿過了一次送予冤家。我那狠心的娘啊,今年打發我要出嫁。叫聲冤家,附耳前來說句話。你要想起奴家,看看鞋上的花。要相逢除非在茶靡架,我與你那時同解香羅帕。

在這裏,這雙小腳鞋就代表着那個嬌柔、情切的女子。三寸大的紅緞小鞋不過盈盈一握,但附着於其中的情思卻如天一般的大。鞋兒小,人兒俏,不怕不惹得你心兒顛來魂兒倒。

送出小腳鞋的這位女子,用現在的話說肯定是個小三無疑,她送去信物後還再三叮嚀:「紅繡鞋兒你可要收藏好,切記不要把我忘記,無論如何不能讓你的那個她看見。至於我娘這邊我自有法子來週旋,盼只盼冤家你,到那茶靡架下,偷閒與我相會。」

還有一曲《寄生草》描述了女子輾轉反側、夜不能寐,苦等情郎到來的情景:

> 噯喲喲,實難過,半夜三更睡不着。睡不着,披上衣服,我坐一坐。盼才郎,脫下花鞋占一課。一隻仰着,一隻合着。要說是來,這只鞋兒那麼着。要說是不來,那只鞋兒那麼着。

小小的繡鞋又多了個功能:將鞋一丟,還可用來占卜打卦。

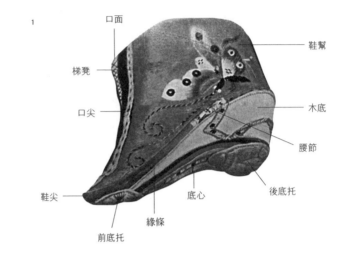

1

口面
鞋幫
梯凳
木底
口尖
腰節
鞋尖
底心
後底托
緣條
前底托

2

3

4

5

6

1　小腳鞋部位名稱示意圖。
2　蘭底繡花鞋。
3　清代小腳油布鞋。
4　花卉紋繡花弓鞋。
5　老年婦女弓鞋。
6　福壽喜小腳木屐（清朝末年）。

1　黃色繡花女子弓鞋。
2　弓鞋中的高跟鞋。
3　繡魚飾的老年單弓鞋。
4　藍地白底繡花壽鞋。
5　鞋頭帶纓飾的喪鞋。
6　老年婦女鑲邊繡花弓鞋。
7　素白色三角喪鞋。

1 1905 年 3 月 9 日，在青島坐獨輪車出行的
　少婦與小腳女孩。
2 清代坐獨輪車出行的婦女。
3 清代騎在毛驢上的小腳少婦。
4 晚清乘坐獨輪車出行的纏足女孩和老嫗。

1　晚清鄉下婦人的「三寸金蓮」。（日本博
　　物館館藏）
2　清末青島農村騎騾子出行的婦女。緊跟
　　其後的女子也是纏足婦女。
3　清末，沿着街道院墻匆匆前行的小腳女
　　人。

賞腳與展腳：賽腳會

「綠蔭如幄履茅檐，團坐門前笑語添。惹得遊人偷眼看，裙邊一樣露纖纖。」

這是描述明清時期婦女小腳展示活動的詩句。

明清時期，婦女纏足到了登峰造極的地步，尤其在山西、河北、北京、天津、山東、河南、陝西等省市最為流行。當時崇尚婦女腳愈小愈美，愈性感，這也成為了整個社會的共識。

大概從明朝中葉開始，全國許多地方出現賽腳會，也有的地方叫做小腳會、亮腳會等，其影響力、吸引力絕不亞於今天的選美比賽。

賽腳會上，一眾年輕婦女把平常裹得嚴嚴實實，絕不會輕易示人的小腳，紛紛亮出來，任人觀賞評說。其中，尤以山西的小腳為最，那時社會上就有「從來小腳看山西」的說法。

所謂賽腳會，其實就是小腳展覽會。在約定的時間、地點，纏足的女孩和少婦，脫鞋解帶，任由來來往往與會的人們欣賞、品評晾在那裏的小腳。當然，凡是一雙清秀周正的小腳，大都會被人圍觀，得到讚美。不過，這裏只許用眼睛看，一般情況下是不准動手摸的。

既然是賽腳，那就得有個評價標準。欣賞小腳當然愈小愈好，三寸基本上是小腳的極限，這就是人們常說的「三寸金蓮」。如果有小到二寸半，那自然成了極品。另一方面，如同其他商品一樣，不光是只看大小，還要看質量。

按賽腳會的要求，首先腳面不能太胖，但也不宜太瘦。其次是不露骨，而且腳跟要小。第三，就是要看膚色是否悅目、清秀，要求是白、嫩、細。第四，要看腳長得是否周正。有的女子小時候纏得不小心，腳外面凸出，裏面凹進，稱為月牙形，即使二寸半，也算不得是上品。此外，核桃骨（腳跟）也不

能太小，腳腕粗細也得適中。

然而，讓觀眾都滿意是不大可能的。讓參觀者搖頭嘆息的大概有兩種人：一是毫無瑕疵的玉足長在醜陋不堪之人的腿上；再就是臉蛋兒身材都好的女人，可惜腳的質量太差，讓人們直搖頭。如果有的女子就是不肯把自己的腳亮出來，那無疑是等於告訴人們，這雙腳要麼蓮船盈尺，要麼是雖然較小，但是樣式醜陋不堪，上不了桌面。

當然，大多數晾腳者的外貌和腳都是平平常常的居多，自然不會留給參觀者甚麼深刻印象。

如果一個女人「人足並茂」，那她自然就會感到莫大的榮幸。雖然，這種晾腳會不像現在的評審動不動就設有獎盃、獎品、獎金，但是，獲得名次的女人離開會場回家時，會有數百人把她送到門口，她們會從內心感到很榮幸。從此，茶館、酒舖就會流傳她的芳名。

說到賽腳會，首先要提到的就是山西大同，相傳始於明代正德年間（1506–1521），舉辦的時間是農曆六月初六。根據鄒英《菁菲閒談》所述，大同賽腳會是在廟會的時候舉行的。

大同共有十二座大寺廟，十二年中各輪值一次承辦。屆時，弓彎纖纖，自認可以人前誇美的女子莫不沐浴薰香、濃妝淡抹一番，尤其是把一雙小腳收拾得格外講究，露出來任人品評。經過初選、複賽，最後公決出結果。第一名稱「王」，第二名稱「霸」，第三名稱「后」。當選女子的纖足，一任眾人觀摩、品評。她們的丈夫或父兄、家人也是滿面春風，洋洋得意，並當眾向大家表示謝意。倘若有人意圖用手撫摸，那就是居心不良、意圖不軌，眾人會群起而攻之，而且對他下達驅逐令，此後不得再進入賽腳會會場。

到了民國年間，閻錫山盤踞山西，曾經發佈指令嚴禁纏足，他曾經向賽腳會會場派出軍隊，致使賽腳會無法如期舉行。但是，上有政策，下有對策。在

之後的每年六月初六這一天，女子紛紛在自家門口席地而坐，把一雙纖足伸到門簾之外，任憑遊客觀賞品評。有的也樂意讓遊客撫摸，而一些風流少年也就三五成群，結夥品評，以此為樂。最終，組織者照例評出冠、亞、季軍，贈送相應的禮品為獎。在這種形式下，參觀者一般不能揭簾觀看女子容貌。這樣做雖無賽腳會之名，卻仍有賽腳會之實。賽腳結束後，富家女子多將小腳染成紅色，時間是六月初六日夜半。《蒴菲閒談》記載，她們「採鳳仙花搗汁，加明礬和之，敷於足上，加麝香緊緊裹之」，到了第二天，則全足盡赤，「纖小如紅菱，愈覺嬌艷可愛」。

除了大同之外，《蒴菲閒談》對其他一些地方的賽腳活動也有記載。如山西太原：「太原府某集上，每逢賽小腳之際，女子悉臥於車內，以腳置車外以相比賽，任人品評比較，凡得小腳狀元者，視為非常之榮幸。」山西運城：「運城之婦女無不纏足者，天足之幸福不可得，而貼地金蓮，三寸窄窄，反以為榮，每在元宵節邊，日間輒坐於門口，雙雙小腳，伸出戶外，曝於日光中，名謂曬小腳。羅襪繡鞋，鈎心鬥角，一種妒寵爭艷之心理可笑亦復可憐。彼輕薄之男子徜徉街頭，相與評足以為樂，某也瘦，某也尖，一字之褒，榮於華袞。某家婦女之蓮瓣，苟為人所稱譽者，其家人或引為莫大榮幸也。」

除了山西，其他各省區的賽腳活動也是名目繁多。

在河北宣化，每年五月十三日都要舉辦「小腳會」，多在各個村子的城隍廟舉行。據《賽蓮匯志》記載：河北宣化一年之中有兩次賽腳會，一次在五月十三日，叫晾腳會；一次在六月初六，叫耍青會。賽腳期間，「無論貧富紳商，皆許婦女華服靚妝坐門首，晾其雙腳，任人品評其大小優劣，甚有撫摸握弄者」。每到這一天，遊人往來如鯽，在廟前的長街上，不逛廟的女子或去後返回的女子，端坐在大門前，五六人一夥，十幾人一群，各穿新鞋，一天還要換幾雙，令過往遊人品評。被稱讚為纖美的小腳婦女，自己以為榮耀，家庭也因此增光。

在河北蔚縣，賽腳會於農曆六月初六舉行，名晾腳會。該地賽腳會與他處相比有特別的地方，即家家戶戶門前有一塊專門用於賽腳的大石頭，石頭高及行人肩膀，賽腳之日女子或立或坐在門前賽腳石上，任人觀看撫摸小腳。小說《揚州夢》對此有詳細描述：「那蔚州我也到過，俗有一個賽腳會，每逢佳節，不論鄉紳大族家裏，如有年輕婦女，個個裝束嶄齊，端端整整，坐在門前石凳上。原來各家門口都有大石兩塊，異常乾淨。如其有人愛她小腳，盡可以伸手撫摸道：『這雙腳兒真小』，一家人以為光榮無比。相傳這一撫摸，就能夠祓除不祥。」

河北武安的曬腳會，於每年農曆九月初九重陽節舉行，屆時「家少婦坐街頭，裙露雙鈎任客游」（《采菲餘錄》）。

河北邯鄲，「每年逢端午日，擇曠地群坐，高置二足於烈日中，以相比賽，謂之曬小腳。至其蓮鈎稍大者，匿而不出，其夫抑且引以為恥」。（《蓴鄉漫錄》）

在甘肅蘭州，賽腳會則名曰「曬腿節」，每年農曆六月初六舉行。屆時婦女傾城而出至郊外曬腿，據說這樣還可以避免疫病。

在陝西隴東，每年農曆二月二日「社火」日，要舉辦婦女小腳競賽會。如西風鎮「社火節」自元宵節至二月初止，四鄉婦女趕往鎮上，「一字排坐於街市兩旁之店家門前」，把一雙小腳顯露在外讓人品評。

在山東農村，尤其崇尚「瘦削端正」，集市上，三寸左右的小金蓮一旦出現，定會引來眾人圍觀，久久不願離去。

在內蒙古豐鎮，於二月份舉辦賽腳活動。屆時，女子無論老少，個個都打扮得花枝招展，尤其是那些將一雙小腳纏得端端正正的婦女，穿着紅綠花鞋，坐立自家門口，將自認為引人入勝的小腳擱在門檻上，任人參觀品評。一些花花公子借着這個機會，大大的活動起來。不過，這個時間特殊，男人即使當着

她們的面調笑，她們一般也不會生氣的。

在河南也有類似的活動。劉崇俠《塵錄》記載：「河南汝州（今臨汝）有小腳會者，自元旦至初五，此數日間，凡大家小戶之婦女，罔不艷妝坐於門外，將纖趾露出，任人品評，恬不為怪。」

在雲南通海有洗足大會，實際上為賽腳會的演變。《點石齋畫報》記載說：「通海某寺在城西隅，寺前有水塘名洗腳塘，每逢三月，遠近婦女爭以其皤疊白足，來洗於此，名洗足大會，觀者滿前，略無羞澀。於是寺僧亦隨洗塘邊。洗畢，宰牲還願，如鹿女踏花，緩緩而歸。」該書插圖中除立在水中的婦女外，其他皆三寸金蓮。

黃河中上游的河套地區，每年中秋、端陽、二月二、九月九等節日，「婦女若狂，盛妝往遊，尤於雙鈎窮極心思，盡量修飾，赤紅碧綠之纖纖繡鞋觸目皆是，鮮艷動人，尤以芳齡少婦為多。男子三五成群，睇視圍觀，指劃品評，而婦女談笑自若，恬不知恥，得意之色更流露於眉目間。婦女行於前，男子追逐於後，婦女遂見石台土墩，坐其上，兩足外伸，任人評獎」。（張曙霞：《河套纖纖記》）

上面列舉的僅僅是個別例子。此外，還有不少地方雖無賽腳之名卻有賽腳之實的活動。例如：浙江寧波、溫州等地，每年元宵節前一天的晚上，婦女三五成群要做走七條橋的遊戲，從第一條橋起至第七條橋止，「路忌重行，道宜繞越，雙鈎窄小者，高其外裙，務使金蓮畢露，以供月下提燈者細評其後」。

還有一些資料顯示，明清時期在中國北方，但凡各地廟會、各類迎神會及種種節日，無不具有賽腳會的影子。年輕女子可以趁此機會，競相修飾纖蓮，於有意無意間展示於人前。至於專門的賽腳會，無非是比平常更為熱烈、更為盛大，並且有一定的組織和專門的程式而已。一個地方會出現專門的賽腳會，表明了該地方纏足風俗的盛行。實際上一地方金蓮名聲的遠揚與否也與賽腳會

的規模、影響有關。據說山西榆次、太谷等地婦女纖足並不亞於大同，之所以沒有名聲在外，只因那兒不舉辦賽腳會，沒有對外宣傳的機會而已。

當時，纏足及各種形式的推廣展示活動，除了少數民族和福建、廣東個別邊遠地方勞動婦女以外，全國各地都有出現。

在民國時期的上海南市城隍廟前，曾經有一些丐婦聚集於此，這是外國人常來遊覽的地方。一些無賴特地引導外國人來看丐婦的小腳，並以金錢誘使她們解開裹腳帶供人仔細拍照。當然，這一現象與通常我們說的賽腳會並不是同一回事。

賽腳活動還有一項作用，就是它的舉辦反過來又促使了纏足風俗的興盛。婦女對於一雙小腳本來是保護得密而又密的，自然也很難知道別人纏束得如何。通過賽腳會活動，「人腳美於我，而我可思齊，我腳美於人，而我益自快」「婦女益加琢磨，互相勸勉，化行俗美」。平日裏閉門不出的婦女，因此還知道了纖足纏束的方向、追求的目標，從而可以有的放矢、加倍努力。同時，每年至少一次的賽腳會，年復一年地不斷提醒女子對於一雙纖足「美」的注意。賽腳會中，蓮足稍大，或者式樣不美者，往往藉故推託不赴賽場，當是規避。不過這也不是辦法，適齡女子如果總不去參賽，不論你有甚麼理由，總會被人嘲笑。賽腳會的舉辦對於那些不注意纏足女子來說無疑是個災難，但也因此迫使女子不得不嚴纏猛裹，從而促使纏足的發展。

「金蓮要小」是明清時期女性形體美的首要條件，也是選美的第一標準。賽腳會也正是順應了整個社會的審美情趣，當然應該有它的積極意義。

首先，在以小腳為美的時代，女人都希望自己辛辛苦苦修成的小腳被人們認可，而各種小腳賽會正好給她們提供了一展美腳的場所。

其二，在男尊女卑的古代，女子閉鎖深閨，很少有外出參加大眾娛樂活動的機會。節慶、廟會成了女子可參與的少數大型公共娛樂活動，而小腳賽則

又是她們唯一能够參加的賽事。因而,她們非常珍惜這點可憐的機會,盡心玩耍,盡情求得身心的愉悅。

其三,在男女授受不親的年代,青年男女很難有自由見面或交往的機會。賽腳會客觀上為男女交往提供了場所,這也是當時社會對男女之間社交僅有的一點默許。事實上,就有不少在賽腳會上結識的男女青年,後來喜結良緣的。

小腳與賽腳會已是昨天的歷史,只留下「三寸金蓮」的美名。當然,現代女性「美足」的方式也在不斷發展、豐富,愛美(含美足)是女性審美的永遠的話題。

纏足民謠

歌謠是民間文學的一種樣式,是兒歌、童謠、民歌、民謠的總稱。「合樂為歌,徒歌為謠」,是中國古代對「歌」與「謠」的區分,後統稱為歌謠。

歌謠詞句簡練,多為押韻,風格樸實清新,是勞動人民創作並在民間流傳過程中得到不斷加工完善,用以反映生活內容、表達思想感情的一種帶有文學性的語言方式。由於歌謠具有濃郁的生活氣息,又富有音樂和舞蹈的表演成分,自古以來為群眾所喜聞樂見。在社會大環境作用下,作為最能體現民風、民俗、民情、民願的民歌民謠也就很自然的產生並發揚了。伴隨着女人纏足的逐步推廣,纏足歌謠也就應運而生了。

腳小等於貌美

明朝有個說法:山西大同、宣府多美人,只是因為那裏女人小腳纏得好。

清朝時湖南有「桃花江上美人多」一說，也是因為那一帶女人腳纏得好而出名。當時，腳纏得小的女人沾沾自喜，還要嘲笑其他女人。

清代有鼓兒詞：「小姐下樓咯噔噔，丫頭下樓撲通通。同是一般裙衩女，為何腳步兩樣聲？」這裏着重強調纏足的時尚和尊貴。

陝西富平讚美姑娘、媳婦漂亮的歌謠：頭梳得明鋥，腳纏得楞鋥，腰細得活騰。

還有：三寸金蓮最好看，全靠腳帶日日纏。蓮步姍姍够大方，門當戶對配才郎。

河北歌謠：看我腿，是好腿，紅綢褲子綠穗穗，看我腳，是好腳，梅花高底菜碟搋。

再如：三寸金蓮橫裏算，腳長一尺多難看；莫說公子看不中，牛郎見了回頭轉。

河北歌謠：三寸金蓮，四寸銀蓮，五寸六寸不要蓮（臉）。

民歌《情人愛我腳兒瘦》：情人愛我腳兒瘦，等他來時賣些風流。大紅鞋上面就拿金絲扣，穿起來故意又把鞋尖露，淡勻粉臉，梳上油頭。等他來站在跟前叫他看個够，今夜晚上和他必成就。

男子癡迷小腳

雲南個舊歌謠：豌豆開花角對角，我勸小妹裹小腳。妹的小腳裹得好，哥的洋煙斷得脫。

河南衛輝歌謠：高底鞋紮的五色花，看了一人也不差。娘呀，娘呀，咱娶吧！沒有錢，挑莊賣地還要娶她。

河北歌謠：小紅鞋兒二寸八，上頭繡着喇叭花。等我到了家，告訴我爹

媽，就是典了房子出了地，也要娶來她。

河北南宮歌謠：腳兒在如錐錐把，手兒在如面疙疸。鳳頭小鞋高三寸，好比當年西子娘。

江西豐城歌謠：粉紅臉，賽桃花，小小金蓮一拉抓。等得來年莊稼好，一頂花轎娶到家。

河套歌謠：妹妹腰細腳又小，大年小的餃子比不了。騎上毛驢腳懸空，紫洋緞小鞋看的清。

民謠《俏金蓮》：俏金蓮，三寸整，不着地，偏乾淨，前燈換晚妝，被底勾春情，玉腿兒輕翹，與郎肩兒並。

安徽靈山歌謠：

> 小櫻桃，開紅花，
> 小學生，騎白馬，
> 一馬二馬放到丈人家。
> 丈人、丈母都不在，
> 窗櫺眼裏看見她。
> 梳油頭，戴翠華，
> 粉紅臉，糯米牙。
> 小小金蓮一把抓。
> 回家對我爹娘說，
> 多辦銀兩娶回家。
> 湖北襄陽歌謠：
> 遠望小妹不多高，
> 頭髮辮子搭到腰。

頭髮辮子我不愛，

就想摸摸你的腳。

廣西柳州歌謠：

小妹身才不多高，

荷花身子楊柳腰。

三寸金蓮包的小，

紅繡花開種子椒。

河南衛輝有個男子愛慕女子的歌謠，從一月唱到十二月。其中三月的歌這樣唱：

三月裏，三月三，

小姐樓上纏金蓮。

四寶上前捏一把，

小腰一欠臉一寒。

山東威海民謠：

牛耳根，河芹子，

打發閨女出門子。

三斤豆腐二斤酒，

打發閨女上轎走。

爹也哭，娘也哭，

女婿上前勸丈母：

你們你們別再哭，

你的閨女享大福。

鋪新褥子蓋新被，

一對小腳蹬金櫃。

四川成都歌謠：

張相公，騎白馬，

不走大路踏泥巴。

一踏踏到丈人家，

丈人丈母不在家。

大舅子扯，二舅子拉，

拉拉扯扯才坐下。

紅漆桌子抹布抹，

四個菜碟忙擺下。

一壺酒，才擺上，

風吹門簾看見她：

粉紅臉，黑頭髮，

倒丫角，插翠花。

八寶耳環三錢八，

步步走的是蓮花。

回去拜上爹和娘，

賣田賣地來娶她。

此類歌謠，還有許多。民國時曾經在北京大學擔任教授的顧頡剛，編纂了《吳歌甲集》，其中有一首原名為《纏金蓮歌》的蘇州民歌。歌的前半部分描寫男子對於小腳的崇拜，後半部分則是女子對於男子這種崇拜的揶揄。歌詞用的

是白話對話體：

> 佳人房內纏金蓮，才郎移步喜連連：娘子呵，你的金蓮怎的小？宛比冬
> 天斷筍尖；又好像五月端陽三角粽，又是香來又是甜；又好比六月之中香佛
> 手，還帶玲瓏還帶尖。佳人聽言紅了臉：貪花愛色能個賤，今夜與你兩頭睡，
> 小金蓮擱你嘴旁邊，問你怎樣香來怎樣甜？還要請你嘗嘗斷筍尖。

二十世紀初，湖北武當山還流傳一首名為《姐兒在房中包小腳》的民歌，
從這首民歌中可以看出當年中國鄉村女性，對於自己不喜歡的追求者，所採用
的態度和方法，一是醜化對方，二是嚇唬對方：「打一頓傢伙給你媽說。」不
過還是比較寬容，儘管對方「天天都在我屋裏坐」，還是僅僅給對方一個警告
而已。該歌沒有直接點出徐大哥來調戲騷擾的最終目的，也沒有直接點出「徐
大哥」有可能是衝着欣賞她的小腳而來，但是，描寫徐大哥坐臥不寧的樣子還
是挺生動的：

> 姐兒在房中包小腳，好像後頭有人惹我。
> 抬頭一看是徐大哥，你天天都在我屋裏坐。
> 站不像站來你坐不像坐，好像馬蜂蟄了你的腳。
> 坐那兒你好像屎大賴，走路好像老鷺圍窩。
> 站那你好像白龍頭，你比白龍頭子粗得多。
> 前腰彎，後背坨，跳拌腿（兒）拐的拐腳。
> 頭上的禿子宿成餅，臉上的麻子一顆顆。
> 只有你個麻子麻的很，麻的你個活舅子好生活。
> 二回你再來調戲我，我打一頓傢伙給你媽說。

還有男子癡情於小腳女子，哀嘆自己無錢迎娶的，如：

煙護煙，煙上天，

紅羅裙，繫半邊；

誰家女兒立門前，

繡鞋兒，尖對尖。

土地公公不愛錢，

禱告你，陰中保佑與我做姻緣。

歌謠前四行，借年輕男子的觀察，敘述女主人公出現的環境和裝束。竹籬茅舍，炊煙四起。她出現在如詩如畫的鄉間，這是誰家女兒？「紅羅裙，繫半邊」，寫她裝束新穎，「繡鞋兒，尖對尖」，則突出她着一雙繡鞋兒的小腳。這樣好的女兒，怎能不使小夥子心動？歌謠最後一句，借男子的心理活動，揭示現實社會在婚姻問題上設置的障礙。在心愛的姑娘面前，本可以表達自己的仰慕之情，但是一考慮到社會風氣，自己手頭拮据，又躊躇不前了，只好陷入幻想之中。

女子以足小為傲

儘管纏足會給婦女帶來一些痛苦，但纖足纏成之後，這就可以作為炫耀美麗的資本了。如果纖足女子與大腳女子相遇，前者趾高氣揚，自以為高人一等，歌謠中就有「大腳婆娘去降香，瞧着小腳心裏慌」的話。如花似玉的女子渡過了較為艱難和疼痛的磨礪，眼見小腳愈纏愈小，心裏自然流露出寬慰和滿足。「真小腳，要愛俏」更是把纖足女子炫耀小腳、洋洋得意的表情刻畫得入木三分。

懷慶歌謠：

紅火筒，黑紙煤，門裏邊有個白閨女，腳又小，臉又好，先燒牡丹花，

後澆靈芝草。

保定東鄉歌謠：

　　小臉白生生，小腳一丁丁，走道風擺柳，鞋上挂紅鈴，前走三步丁當響，後退三步響冬叮。

山西歌謠《蓮蓬對蓮蓬》

　　蓮蓬底下好桃紅，
　　掐一把，染指甲，
　　染得指甲俊丟丟。
　　看俺頭，是好頭，
　　珍珠瑪瑙往下流。
　　看俺身，是好身，
　　竹布布衫青滾襟。
　　看俺腿，是好腿，
　　紅綢褲，紅綁腿。
　　看俺腳，是好腳，
　　紅緞小鞋白裹腳。
　　婆家好，俺娘好，
　　叫我高興得不得了。

河南衛輝歌謠：

　　一古都葱，一古都蒜，
　　俺娘帶俺長垣縣。

走時哩披哩麻袋片，

來時哩穿哩絨光緞。

爹呀瞧瞧俺哩頭，

珍珠瑪瑙往下流。

爹呀瞧瞧俺哩臉，

府哩宮粉搓半碗。

爹呀瞧瞧俺哩身，

紅緞子小襖綠底襟。

爹呀瞧瞧俺哩手，

府哩戒指摘半鬥。

爹呀瞧瞧俺哩腿，

紅緞褲子趟露水。

爹呀瞧瞧俺哩腳，

紅緞小鞋白裹腳。

（註：古都，這裏指一顆。府哩，指的是衛輝）

大腳女子的尷尬

中國的女子在長期男尊女卑的禮教下，已不太在乎自己的獨立人格，取悅男人則更加要緊。在大的社會氛圍下，她們心甘情願地爭相纏足，並以腳小為榮、為尊。當時的婦女，如果聽人背地評說自己腳大，便覺得異常的羞恥。新婚的晚上，如果新郎說新娘「好大腳」，新娘便覺得自己醜得無法露面。所以，做新媳婦總是要讓人說自己腳小才好。如果哪個人當着大腳婦人的面罵自己女

兒或婢女不肯裹腳，這就是最損人的侮辱了，那個大腳婦人也會自卑得無地自容。因此，母親愈是疼愛女兒，就要為女兒把腳纏得愈小，才是為女兒的將來着想。

民國初年，雲南一首《纏足有害唱》說大腳女子的窘境道：「見了人他面上先帶三分臊，極好的人教兩支大腳帶壞了。」結果，「大腳的婦女常犯難，千奇百怪巧妝點」，她們不得不在鞋上做文章以掩飾腳大，但往往難以成功。

河南衛輝的民謠也唱到：大腳婆娘去降香，看見小腳氣的慌；大腳婆娘氣不過，款動大腳回家鄉；將身坐到床沿上，劈頭帶臉打頓巴掌。

河南信陽民謠：大腳板，趕駱駝，趕到北坡，受苦挨餓。

浙江諸暨民謠：大腳婆，摸田螺；小腳婆，敲湯鑼（湯鑼為戲劇常用的響器）。

湖南寧鄉民謠：大腳婆走路掀呀掀，塘基踩掉大半邊。鯉魚走掉兩三百，細魚仔走掉四千多。

浙江餘姚歌謠：一個大腳嫂，拾來抬去沒人要，一抬抬到城隍廟，兩個和尚搶着要。

兒童歌謠：大腳板，鏟田坎，只能砍柴把水擔。

還有挪揄農村大腳女子的：鄉下姑娘進城來，黃泥巴裹着大花鞋，走到堂屋拜三拜，包穀花兒滾出來。

河北保定民謠：張大嫂，李大嫂，二人打架比蓮腳。張大嫂硬說李大嫂的腳板大，李大嫂就說自己的腳板兒比她的小。

由於傳統的習俗，女性不纏足，是嫁不到好丈夫的，所以不纏足的女性，常常憎恨自己的大腳，認為是終身憾事。這應該是文人騷客提倡於前，家庭附和於後，令不纏足的大腳女士抱恨終生。

儘管男子十分欣賞小腳女子，但因為種種原因，有的男人不得已只好娶大

腳女子為妻。山東臨淄就有一首「沒錢就娶大腳婆」的歌謠：

> 小煙袋，下腳撮，
>
> 你是兄弟我是哥。
>
> 裝壺酒來咱倆喝，
>
> 喝醉了酒打老婆。
>
> 打死老婆怎麼過？
>
> 有錢說個小腳婦，
>
> 沒錢就娶大腳婆。

湖北有一首民歌，叫做《大腳十恨歌》，歌詞雖然可笑，從中可以見到當時婦女受到習俗的影響，自己都看不起自己的大腳，也反映出一般男性的自私。《大腳十恨歌》：

> 閒來無事家中坐，提起唱個恨大腳，說起大腳造孽多，大腳姐兒聽我說：
>
> 一恨大腳心頭悶，背地埋怨二雙親，父母捨不得錢和銀，不買裹腳合尺寸。母親不與奴包緊，一雙大腳嘔死人，鞋面要得七八寸，棉條線子要半斤，做鞋多要幾天工。還有一等刻薄人，他說奴是半截觀音。
>
> 二恨大腳喜期臨，奴在房中悶沉沉。多少姐妹來相勸，怕奴捨不得二雙親，捨不得哥嫂兄妹們。奴家有話難啟唇，哪個捨不得二雙親，誰個捨不得哥嫂們？多久望得喜氣臨，只怕大腳醜死人。
>
> 三恨大腳到婆家，炮火連天回車馬。奴在轎內忙設法，忙把羅裙來扯下。夫妻堂上來結燭，進房先吃交杯茶。他家有個老媽媽，走上前來看奴家，從頭一看到腳下，一屋姑娘打哈哈，恭喜你家好造化，人倒是好腳太太！
>
> 四恨大腳同夫眠，丈夫說話好嘔人。他說大腳像碑亭，頂起被來塞不

緊，風吹進來好涼人。奴家見後把情生，叫他與奴一頭困。我夫一聽怒生嗔，你這大腳墊不成。

五恨大腳回娘家，路遠走得兩腿麻。只有小腳真個好，不是騎馬就是轎，婆家送（唻）娘家接，夫妻格外和氣些。只有我們難得說，丈夫看見心不悅，眼睛一閉臉一黑，風流話兒全未說。

六恨大腳做生活，男人做的都歸我。姑娘廚房燒把火，紡線織布不必說，漿衣洗裳都要我，外面屋裏雜事多，受忙受累是大腳，不是挑水就推磨，不是擂米就春碓，活活吃虧是大腳。

七恨大腳走人家，情願不去紡棉紗。看見小腳真可誇，羅裙只管高些紮，褲子上面滿繡花，走路好似馬蹄踏。我們好似秋船樣，羅裙不敢高高紮，走路不敢開大步，羅裙分開現出它，去到人家真沒趣，臉上好似蝦子殼。

八恨大腳穿街過，街上人兒把奴說，都說奴家好大腳。奴家一聽心似火，要想罵他人又多。捏鼻之事我不說，於今世事多淺薄，混帳人們話又多，它又不是買的貨，平白說奴好大腳。

九恨大腳辛苦多，人前不敢蹺腿坐，送親接親不用我，他說大腳蠢不過。婚姻喜事要用我，除非幫忙去燒火，挑水洗菜就叫我，出力生活該大腳。羅裙扯亂十幾條，可恨腳大不得小，除非轉世再投胎，閻王面前求哀告，發我陽間走一遭。母要賢良腳裏小，人前只管把腳蹺，丈夫見我面帶笑，愛奴如同當珍寶，吃也好來穿也好。公婆面前閒談笑，客人面前少行走，丈夫見我忙攜手，說也有來笑也有，行動就是轎馬走，不枉陽間走一遭。

十恨大腳真不好，愈思愈想愈心焦，本要懸樑去上吊，又怕惹得人都笑。隔壁大腳王媽走來了，問聲娘子你可好？每日只見珠淚拋，有甚冤屈對我說。開口叫聲王媽媽，也不是公婆打罵我，也不是丈夫把我磨，活活生壞這雙腳，可憐日夜受折磨。王媽一聽笑哈哈，姑娘氣的為大腳，前朝多少美貌

女，個個娘娘是大腳，只要會養兒娃子，管他大腳不大腳。

大腳女子的結論是「母要賢良腳要小」，這樣丈夫公婆都會善待，而自己也可「人前只管把腳現」。最後一句尤其表達了大腳女子的心態：她們因為腳大而不得不在行為上自我約束，其實比小腳女子少了許多行動的自由。

四川蓬安歌謠：

> 一張紙兒兩面薄，變人莫變大腳婆。
>
> 妯娌嫌我大腳鵝，丈夫嫌我莫奈何。
>
> 白天不同板凳坐，夜裏睡覺各自各。
>
> 上床就把鋪蓋裹，奴家冷得沒奈何。
>
> 輕手扯點鋪蓋蓋，又是拳頭又是腳。
>
> 背時媒人害了我，滿腹苦處對誰說。
>
> 二位爹媽莫想我，女兒只怕不得活！

湖南華容歌謠《花椒樹》：

> 花椒樹，奔拉皮兒，上頭坐着小黑妮兒。
>
> 手又巧，腳又小，兩把剪子對着鉸。
>
> 右手鉸的牡丹花，左手鉸的靈芝草。
>
> 靈芝草上一對鵝，咕兒呱兒過天河。
>
> 過去天河是俺家，鋪下褥子曬芝麻。
>
> 一碗芝麻兩碗油，打發二姐梳油頭。
>
> 梳的油頭明光光，打發二姐穿衣裳。
>
> 穿的衣裳沒有袖，俺娘不給打銀扣。
>
> 打的銀扣沒有鼻，俺娘不給做條裙。

做的條裙沒有褶，俺娘不給製皮靴。

製的皮靴穿不上，急着嚷着找皮匠。

皮匠說不怨俺，怨你爹娘不給裹小腳。

裹得小腳生疼地，哭得兩眼通紅地。

打開箱子鑰開櫃，拿出手巾擦眼淚。

也有因為種種原因，勉強娶了大腳媳，卻對媳婦大腳不滿，心有不甘。

山東濟南民謠：

白蓮花，真可喜，

好娘養個好閨女。

娘也疼，爹也愛，

頭髮擋着天靈蓋。

長大了，出嫁了，

今日花轎到家了。

爹也哭，娘也哭，

女婿過來勸丈母：

丈母、丈母你別哭，

你的閨女是有福，

金盆子洗臉，

銀簪子挽攝。

闊蹬蹬的大腳，

踏壞了俺家的樓板。

還有採用無厘頭一類極度誇張的方式，挖苦大腳女子的。如：

河南衛輝歌謠：

日頭出來照西墻，
聽我說個大腳娘：
櫻桃小口城門大，
一對銀牙扁擔長。
她想到城隍廟去降香，
四鄉里叫皮匠。
叫來了張皮匠、李皮匠，
三八二十四個巧皮匠。
十二個皮匠納鞋底，
十二個皮匠納鞋幫。
一面納的雷音寺，
一面納的花海棠。
剛好做了仨月整，
才把繡鞋做停當。
大腳娘，穿繡鞋，
緊緊巴巴剛穿上。
穿上繡鞋不敢走，
走路就要扶着墻。
進廟門，把頭磕，
腳尖掃倒西廊房，
奶頭兒擱在爺嘴上。
磕罷頭，出廟堂，

遇見一群狼攆羊。

小姐一看事不好，

脫下繡鞋去砍狼。

砍跑狼，救下羊，

拾起繡鞋再穿上。

往前走够好幾步，

覺得腳尖釘的慌。

脫下繡鞋只一倒，

又倒出三八二十四隻大綿羊。

小姐覺着餓得慌，

找來伙夫殺了羊。

吃羊肉、喝羊湯，

喝罷羊湯回家轉，

愈走愈覺着撐得慌。

蹲在城外尿一泡，

淹了修武、鄭州和滎陽。

嘔了一股倒羊水，

又淹了陳留、杞縣和太康。

小姐一看事不好，

惦着大腳回家鄉。

（註：修武、鄭州、滎陽、陳留、杞縣、太康都是河南的地名）

腳小才有好歸宿

纏腳能够延續千年的一個重要原因，就是婚姻好壞常常取決於腳的大小，使女人不得不踴躍纏腳。

彰德歌謠：「裹小腳，嫁秀才，吃饃饃，就肉菜；裹大腳，嫁瞎子，吃糠菜，就辣子。」纏足成了當時婚姻和生活幸福的首要條件，由此也明顯見到小腳在當時受到尊崇的程度。雲南歌謠：大姨嬤，莫多說，人家男兒能寫又能作，只要俺女日日來把小腳裹，後來餓着凍着來找我。

河南衛輝歌謠：

> 青石滾，白點多，
>
> 俺娘打我不裹腳。
>
> 裹、裹、裹，裹得妥，
>
> 小小金蓮一把捉。
>
> 上井沿，打水喝，
>
> 官兒看見心喜歡，
>
> 秀才看見呵呵樂。
>
> 秀才秀才別忙哩，家裏還有俺娘哩。
>
> 問問俺娘：一個閨女，捨哩捨不哩？
>
> 俺娘說，捨不哩。
>
> 秀才秀才別忙哩，家裏還有俺爹哩。
>
> 問問俺爹：一個閨女，捨哩捨不哩？
>
> 俺爹說，捨不哩。
>
> 秀才秀才別忙哩，家裏還有俺哥哩。

問問俺哥：一個閨女，捨哩捨不哩？

俺哥說，捨不哩。

秀才秀才別忙哩，家裏還有俺嫂哩。

問問俺嫂：一個閨女，捨哩捨不哩？

俺嫂說，捨的哩。

一鬥金，二鬥銀，

打發妹妹早出門。

爹也哭，娘也哭，

秀才騎馬勸丈母：

丈母娘，你別哭，

在你家鋪門板，枕棒槌，

滾滾輪輪地下睡。

到俺家，鋪金床、蓋銀被，

小金蓮蹬着描金櫃。

　　那個年代，也有裹了小腳，卻沒嫁到好人家的情況。這對於辛苦掙扎幾年，終於纏得一雙可意小腳的婦女來說，無疑是沉重的打擊。她們也會用歌謠的形式發洩自己的怨氣。例如：

雲南歌謠《跺跺小腳罵媒人》：

歪茄子，病毛瓜，

給我嫁在背時家。

洗衣溝又深，

找菜路又生，

跺跺小腳罵媒人。

雲南歌謠《大姨母害了我》：

> 大姨母，害了我，
>
> 千道萬道催我把小腳裹，
>
> 才配得上人家樓房幾大所。
>
> 誰知嫁的背時郎，
>
> 遇着一個惡婆婆。
>
> 姑子年太小，
>
> 專着打架來聚火。

以小腳調情

「從頭看到腳，風流往下跑。」清代李漁在《閒情偶寄》中認定，纏足的最高目的是為了滿足男人的性慾。由於小腳「香艷欲絕」，玩弄起來足以使人「魂銷千古」，在當時的大環境下，民歌當然也不例外。

閬中民歌《不唱山歌不開懷》：

> 過黃河嘛纏小腳，情郎上前扯裹腳，不等情郎等哪個？

山東民謠：

> 小媳婦，一十八，小金蓮，二寸八。你要不相信，讓新郎官又一叉。

江西歌謠：

> 公公拿着拐杖拐，媳婦就用金蓮踩，一踩踩着公公手，公公倒說我的兒，三寸金蓮又小又不歪。

山東茌平歌謠《盤腳盤》：

　　盤、盤、盤腳盤，一盤盤了二三年。三年整，菊花頂，頂頂蓋蓋，跑馬賣鞋。大簸箕，小簸箕，抬抬小腳我過去。

還有明顯帶有挑逗意味的民歌如：

　　紅綾被，象牙床，懷中摟抱可意郎。情人睡，脫衣裳，口吐舌尖賽砂糖。叫聲哥哥慢慢耍，休要驚醒我的娘。可意郎，俊俏郎，妹子留情你身上。床兒側，枕兒偏，輕輕挑起小金蓮……

山東萊州西由鎮自古以來出美女，據說當年有的皇帝選美女都到西由來。西由鎮古代有個小腳會，美女在台上蒙着面只露出三寸金蓮，以此選出美女來。當地有句歌謠這樣唱：有錢不能零嘀流，攢錢到西由，白天看小腳，晚上摟着睡。

（註：零嘀流，當地方言，意思是把錢零碎花掉了）

挖苦小腳

　　儘管小腳被廣泛稱頌，但排斥纏足的也大有人在，他們的觀念自然而然的在歌謠中有所表現。如「纏腳苦，纏腳苦，一步挪不了二寸五。趕到碰上荒亂年，一命交天不自主。」

寧波歌謠《纏足嘆》：

　　金蓮小，最苦惱，從小那苦受到老，未曾開步身先裊。不作孽，不作惡，暗暗裏一世上腳鐐。

河北民謠《上南坡》：

　　小腳兒娘，上南坡，上南坡，摘豆角。拐呀搖呀到了地（兒），南坡豆角早老了。

《哭唄精兒》：

　　哭唄精，賣燒餅，沒賣了，回來撿個大皮襖，怎麼不能穿？虱子咬。虱子咬，撕吧撕吧裹小腳。（註：哭唄精，土話，愛哭的意思）

山西放足的歌謠：

　　小腳女子真難受，整天圍着鍋台走，出去坐着獨輪車，屋裏坐着冷床頭。

湖南華容歌謠：

　　裹腳呀裹腳，裹了腳，難過活，腳兒裹得小，做事不得了，腳兒裹得尖，走路只喊天，一走一蹩，只把男人做靠身磚。

民國以後，各地不纏足會編了大量通俗易懂的歌謠，如：

　　小腳婦，誰家女，裙底弓鞋三寸許。下輕上重怕風吹，一步艱難如萬里。
　　五歲六歲才勝衣，阿娘做履命纏足。指兒尖尖腰兒曲，號天叫地娘不聞，宵宵痛楚五更哭。

北京民謠《小腳兒娘》：

　　小腳兒娘，愛吃糖。沒錢兒買，搬着小腳哭一場。

河北河間民謠《裹小腳》：

裹、裹、裹小腳，
裹地小腳挺臭地，
當街來了個賣肉地。
賣地肉，挺香地，
當街來了個賣薑地。
賣地薑，挺辣地，
當街來了個算卦地。
算地卦，挺靈地，
當街來了個打繩地。
打地繩，挺好地，
當街來了個賣棗地。
賣地棗，挺甜地，
當街來了個磨鐮地。
磨地鐮，挺快地，
當街來了個賣菜地。
賣地菜，挺高地，
當街來了個攢筲地。
攢地筲，不漏水，
打你伯那個鬍子嘴兒。
鬍子嘴兒上沒有毛，
打你伯那個後腦勺。
後腦勺上沒馬辮，
打你伯那個屁股蛋兒。

小腳之苦

在對小腳幾乎一邊倒的讚美聲中也有不同的聲音發出,主張不要把腳纏束起來,應放任其自然生長。比如清代就有兒歌這樣唱:大腳大,大腳大,陰天下雨不害怕。大腳好,大腳好,陰天下雨摔不倒。

陝西民謠《纏小腳》:

> 葡萄開花絲絡絡,我媽給我纏小腳。
> 提起纏腳苦難說,又躲又藏沒法活。
> 我大撢,我媽捉,一下撢到灶火窩。
> 腳裏骨折肉又爛,濃血足有一大勺。
> 錐子撥,剪子挑,一下挑了一斗多。
> 穿新鞋,紮繩子,三天不見一頂子。
> 爬着走,手拄棍,疼殺俺也沒人問。
> 折磨受了好幾年,大腳變成尖腳板。
> 我媽還嫌腳不碎,三寸金蓮真美氣。
> 按腳腰,折骨筋,把我疼得蠻哼唧。
> 媽呀媽呀這不對,不要把我搞殘廢!
> 我媽一聽發了火,霸王開弓硬得多:
> 女人沒有金蓮腳,誰家要你幹甚麼?
> 大腳片,把人害,三寸金蓮美得太。
> 親戚耍房看小腳,腳小才是好人物。
> 女子聽完軟了蛋,忍着疼痛腳腰彎。
> 木底鞋,腳上穿,濃血流了一大攤。

眼睛黑，身材巧，可惜腳像辣椒小。

走起路來風擺動，實在怕過獨木橋。

三寸金蓮腳一雙，兒的眼淚流一缸。

這壞點子誰出的？南唐皇上瞎李煜。

他耍宮女要取樂，就命宵娘去纏腳。

金蓮台上把舞跳，惹得皇上哈哈笑。

上行下效都纏腳，千餘年來害人多。

（說明一點：眾多的纏足婦女顯然不會知道李煜為何人，其他也有不少帶有深深的官方印記的歌謠，應該出自官方人士之口）

陝西民謠《鄉里娃娃怕纏腳》：

鄉里娃娃怕纏腳，

她媽打，她爸說，

她婆跟上擰耳朵，

她爺追着拐棍兒戳。

膿瘡剜了兩升多，

眼淚流了兩馬勺。

鄉里娃娃怕纏腳，

纏了小腳順牆摸。

她爹追，她娘捉，

他哥按住帽辮擰耳朵。

拉到後院綻裹腳，

膿血流了半桶多。

福建泉州方言歌謠《天足歌》：

上帝創造人，男女腳相同。

本是天生成，好跑又好行。

迫於去纏腳，情理真難容。

當纏才是娘，無纏不成樣。

害她啼哭哭，終日眼淚流。

……

纏大鹹菜團，纏小又損身。

上船着人牽，過橋太艱難。

遇着風和雨，要走不進步。

甘肅正寧歌謠《綻腳歌》：

封建社會太可惡，女娃從小要纏腳；

她要跑，她媽捉，她哥跟上擰耳朵。

嫂子上前綻裹腳，裹腳綻了一大籮；

骨折肉爛受折磨，膿血能淌幾馬勺。

剪子鉸，刀子割，好似活鬼見閻羅；

娃的爺，娃的婆，娃的嫂子娃的哥。

哎喲喲，疼死我，娃的小命實難活；

她媽聽着嘴一咧，順手打了兩戳脖。

婆娘腳，蛇蚤窩，薰氣能聞一里多；

只可看，不可綻，綻開能臭二里半。

貼的生葱與爛蒜，趕緊拿上棉花蘸；

綻了七籠八莆籃，能開一個棉花店。
八路軍來了世道變，婦女都把小腳綻；
假若不把小腳綻，敵人來了遭大難。
敵人放槍撂炸彈，小腳跑路不方便；
東一跑，西一竄，炸彈開花把命斷。
小腳地裏去送飯，一條惡狼從後攆；
往前跑，把跤絆，倒了米湯打了罐。
打了罐，不上算，狼把喉嚨都咬斷；
親人氣得把腳跺，都怪纏腳遭大難。
大腳女人真靈幹，能做活，能做飯；
能砍柴，能挑擔，能織布，能紡線。
自衛軍，游擊戰，又能操，又能練；
遇見鬼子和壞蛋，挺胸昂首鬥敵頑。
剪頭髮，別卡子，圓口鞋，洋襪子；
又時興，又文明，走起路來腳不疼。
大腳走路通通通，小腳走路蛇嚀嚀；
兩條道路擺得清，趕快綻腳莫放鬆。

纏腳苦：

纏小腳，真苦惱，從小苦起苦到老。
三尺白布層層繞，腳骨裏得要斷掉。
渾身痛來真難熬，頭上嗖嗖冷汗冒。
纏小腳，真苦惱，腳背弓得像元寶。
頭重腳輕搖老搖，一陣風來就吹倒。

跨一步來退兩步，好比一世上腳鐐。

纏小腳，真苦惱，這種苦頭受不了。

小腳女人走不動，跌跌撞撞要摔跤。

世上女人最苦惱，想來想去要上吊。

寧波歌謠《纏足嘆》：

金蓮小，最苦惱，

從小苦起苦到老，

未曾開步身先裊。

不作孽，不作惡，

暗暗裏一世上腳鐐。

戒纏足歌謠

其實，反對纏足的聲音是緊隨着纏足的興起就有了，但大量反對纏足的歌謠湧現則是清末、民國時期的事情。需要指出的是，這些「民謠」大多不是出自庶民百姓之口。有些「民謠」帶有濃厚的「官味兒」，如果不是出自政府官員之口，也是他們組織御用文人編寫。

倡導女子不要纏足的《十嘆歌》和《十樂歌》：

《女子纏足十嘆歌》：

一嘆女子好悲哀，因為纏足受磨耐。生就天然足，緣何強損壞？年在四五歲，受氣把打捱。都為纏足永不得自在。

二嘆女子好悲傷，何辜罹此苦業障。請看觀世音，赤足步大方。文殊普

賢母，十趾列當陽。婦女受害何日得安康？

三嘆女子好傷心，生為纏足累死人。富貴也受罪，何況平常人？有何緊要事，幹急妄費神。誤事失利總難得回春。

四嘆女子苦難量，因為纏足受災殃。傷損筋和骨，氣血難舒張。終日不自然，受瘮生鼠瘡。百中婦女無一免災殃。

五嘆女子活累人，纏足受害難孝親。婆家費銀財，娶媳到家門。實指持家業，如同殘廢人。那得替夫報答公婆恩。

六嘆女子好心酸，因為纏足苦熬煎。體健天足大，硬往小裏纏。時時痛難禁，慈母不放寬。受氣招病纏足是病根。

七嘆女子淚悲涕，女子纏足無好處。足大萬人嫌，足小惹是非。請看胭脂判，繡鞋父命摧。不為足小哪受奸惡欺？

八嘆女子苦受貧，貧女纏足更傷心。家中無柴草，不能出外尋。夫男不得助，家業耗散盡。苦中受苦實難出苦輪。

九嘆女子痛傷情，足大更痛難行動。人家看了醜，又嫌不潔淨。格外費針線，尤比小的痛。不如早放任意方便行。

十嘆女子要回頭，知到悔罪方便求。自己受過苦，莫留後人愁。趁早將足放，定把苦孽丟。興家立業放足是根由。

《天足女子十樂歌》

一樂女子樂天年，改良世代樂自然。生就天然足，何必將他纏？足下先得力，操作不煩難。幸樂時期脫苦得方便。

二樂女子樂自由，天足脫離父母愁。大小全不論，出苦免笑仇。遊行四方走，治家有奔頭。夫男得助定無坐食憂。

三樂女子樂方便，天足女子是大賢。觀音地藏母，文殊共普賢。四大部

洲地，赤足遍大千。端然微妙無處不莊嚴。

四樂女子樂自強，天足女子多便當。成人出了閣，婆家是遠鄉。父母家中想，能使大步揚。不受屈勞歸寧奉高堂。

五樂女子樂自在，女子天足開心懷。夫男常在外，無暇歸家來。家中有要事，開步任往來。到處方便那得不自在？

六樂女子樂時期，大好幸福遇此機。天足雖然大，不受人嫌欺。鞋襪只潔淨，夫男公婆嬉。天足修潔便是容易的。

七樂女子樂如意，天足安然得便宜。古先聖王代，並無纏足的。後世風化壞，女人受此屈。如今改良理應謝神祇。

八樂女子樂滔滔，天足自然得高超。保民愛國事，步下不煩勞。昂昂體強健，臨事有節操。女中拔萃萬世把名標。

九樂女子樂無窮，學堂女生賽群英。振振壯國粹，天天闊步行。喧歌浩氣正，齋莊人欽敬。倡義愛國堪作女英雄。

十樂女子樂何如，女得天足樂有餘。登山或臨水，哪怕路崎嶇。車船路途走，也無險處危。萬國遊遍無處不相宜。

陝西民謠《放腳樂》：

棉花塞腳縫，走路要平過。
酸醋同水洗，裹腳勿要多。
七日剪一尺，一月細工夫。
夜間赤腳睡，血脉好調和。
放了一隻腳，就不怕風波。
放腳樂，樂如何？
請君同唱放腳歌。

我國近代著名的文學家、翻譯家林琴南（1852–1924）就有不少戒纏足詩，這裏列舉幾段：

其一

　　小腳婦，誰家女？裙底弓鞋三寸許。下輕上重怕風吹，一步艱難如萬里。左靠媽媽右靠婢，偶然蹴之痛欲死。問君此腳纏何時？奈何負痛無了期？婦言：儂不知，五歲六歲才勝衣。阿娘做履命纏足，指兒尖尖腰兒曲。號天叫地娘不聞，宵宵痛楚五更哭。床頭呼阿娘：女兒疾病娘痛傷，女兒顛跌娘驚惶。女今腳痛入骨髓，兒自淒涼娘弗忙。

　　阿娘轉笑慰嬌女：阿娘少時亦如汝，但求腳小出入前，娘破工夫為汝纏。豈知纏得腳兒小，筋骨不舒食量少。無數芳年從落花，一坏小墓聞啼鳥。

其二

　　破屋明斜陽，中有賢婦如孟光。搬柴做飯長日忙，十步九息神沮喪。試問何為腳不良？婦看腳，淚暗落，思來總悔當時錯。六七年前住江邊，暴來大水聲轟天。良人負販夜不返，嬌兒嬌女都酣眠。左抱兒，右抱女，娘今與汝歸何所？阿娘腳小被水搖，看看母子墮春潮。世上無如小腳慘，至今思之猶破膽。年來移此居傍城，喧嘻火鳥檐間鳴。鄰火陡發神魂驚，赤腳拋履路上行。指既破，跟複裂，足心染上杜鵑血。奉勸人間足莫纏，人間父母心如鐵，聽儂訴苦心應折。

其三

　　敵騎來，敵騎來，土賊乘勢吹風埃，逃兵敗勇哄成堆。挨家劫，挨家殺，一鄉逃亡十七八。東鄰婦健赤雙足，抱兒夜入南山谷。釜在背，米在

囊，藍布包頭男子裝，賊來不見身幸藏。西家盈盈人似玉，腳小難行抱頭哭。哭聲未歇賊已臨，百般奇辱堪寒心。不辱死，辱也死，寸步難行殆至此，牽連反累丈夫子。眼前事，實堪嗟，偏言步步生蓮花。鴛鴦履，芙蓉綫，仙樣亭亭受一刀。些些道理說不曉，爭愛女兒纏足小，待得賊來百事了。

嚴範孫先生（1860–1929）是清末民初著名教育家，在天津英租界後街任浙江公立兩等小學校教員時，曾作《勸放足歌》：

其一

快快快，莫徘徊，

要將小腳快放開。

放放放，莫觀望，

天足婦女多高尚。

自由平等享權利，

千萬莫把幸福喪。

其二

不准裹、不准纏，

再裹再纏罰銀元。

你不放，往後看，

三塊銀元一月監。

再不放，往後瞧，

六塊銀元兩月牢。

奉勸婦女快放開，

齊頭襪子齊頭鞋。

放開腳，幸福享，

從此不再受捆綁。

兒決不娶纏足妻：

五齡女子吞聲哭，哭向床前問慈母；

少小學生向母啼，兒後不娶纏足妻。

母親愛兒自孩提，為何縛兒如縛雞？

先生昨日向兒道，纏足女子何大愚！

兒足骨折兒心碎，困守閨門難動移。

書不能讀字不識，困守閨門難動移。

鄰家有女已放足，走向學堂去讀書。

母親愛兒處孩提，莫給兒娶纏足妻。

當然，在大張旗鼓宣傳放足的時候，也有反對的聲音。例如：

女人裹足是天經，

貧富何嘗判渭涇，

雪色足纏紅色履，

鮮明緊潔俏無形。

事事唯將歐美誇，

便從紮腳鄙中華，

富強只是彈高調，

女足何能繫國家。

纏足對聯

清代還出現了與纏小腳有關的對聯：

上聯：佳人賽腳高地望春風
下聯：才子擲筆寒處解衣袍
橫批：陰陽合和

嫖客最愛妓女小腳

以妓女的職業特點，當是賣笑為生，想要博取嫖客好感，妝飾是不能不刻意追求的。在大家都刻意追求妝飾的基礎上，再拿了小腳去迎合心理變態的嫖客，成了中國封建社會眾娼妓的另一種追求。娼妓裹足之風以宋、元、明、清最盛。

當初，是良家女子仿效宮廷，繼而娼妓群體中也興起纏足之風，因為嫖客喜歡。明沈德符《野獲篇》說：「明時浙東丐戶，男不許讀書，女不許裹足。」裹足成為貴族婦人專有裝飾品，下層賤民女子，則政府以法令禁止。如此一來，纏足便成為了一種地位和身份的象徵。但民間女子不甘寂寞，變着法子競相追逐，哪怕窮得食不果腹，也要品嘗貴族階級的虛榮。嫖客花錢買笑，雖說不能企盼宮女接待，卻可以讓妓女也學宮女姿態。

市場的需求使妓女纏足比民間女子表現得更加積極，而且纏得愈小愈受歡迎。史上有位叫楊鐵崖的著名嫖客，《輟耕錄》上說他「耽好聲色，每於筵間，見歌兒舞女有纏足纖小者，則脫其鞋襪，盞以行酒，謂之金蓮杯」。

「金蓮杯」並非楊鐵崖首創，宋代便已有之，至明代更大行其道。徐紈《本事詩》說：「何元朗至閶門攜榼（酒器）夜集，元朗袖中帶南院妓女王賽玉鞋一隻，醉中出以行酒，蓋王足甚小。禮部諸公亦嘗以金蓮為戲。王鳳洲樂甚，次日即以扇書長歌云：『手持此物行客酒，欲客齒頰生蓮花。』元朗擊節嘆賞，一時傳為佳話。」兩嫖客因金蓮而互為知音。《詠纖足排歌》中有：「第一嬌娃，金蓮最佳，看鳳頭一對堪誇。新荷脫瓣，月生芽，尖瘦幫柔繡滿花。從別後，不見他。雙鳧何日再交加，腰邊摟，肩上架，背兒擎住手兒拿。」

據《貫月查》記載，取小腳婦女的弓鞋，仿效投壺的方式，由客人從四周輪流擲果其中，取名為「摘星貫月」，看是否擲中，就用弓鞋以載酒行觴。行令之時，由一個擔任司事，從陪宴的妓女腳上，把她的兩隻鞋子都脫下來，一隻弓鞋內放酒，一隻弓鞋則放在盤子裏。司事的走到客人面前，相隔一尺五寸距離，以蓮子或紅豆、松子仁等任由客人平行投擲。一共投五次，以擲不中的多少，來罰飲弓鞋裏的酒。這種種做法，都是文人騷客倡導的。既嫖妓，又飲弓鞋中的酒，獵尋其中樂趣。《金瓶梅》裏也有這樣的描述：「西門慶又脫下她一雙繡花鞋兒，擎在手內，放一小杯在內，吃『鞋杯』耍子。」

所謂「鞋杯」，即是以鞋為杯；耍子，在這裏是玩弄的意思。「耍」至今仍是四川等地人稱遊玩的代名詞。

1 晚清伐木場邊的父女。
2 晚清三寸金蓮的雜耍藝人。
3 民國穿花褲的小腳婦女。

1　1943年，太行山區裹腳婦女也被武裝
　　起來。
2　民國年間，山東山區農村婦女在推碾
　　子粉碎穀物。
3　民初創關東的小腳女人。

文人墨客對纏足的
癡迷與推動

1　晚清《點石齋畫報》刊登有關小腳女人的
　　繪畫之一。
2　晚清《點石齋畫報》刊登有關小腳女人的
　　繪畫之二。
3　富人家小腳太太畫像。
4　1930 年代姚君素編寫民俗學巨著《采菲錄》
　　宵娘纏足插圖。

1 十八世紀末英國訪華團隨團畫師威廉‧亞歷
　山大畫作《上層社會母子與僕人》。
2 十八世紀末英國訪華團隨團畫師威廉‧亞歷
　山大所畫中國漢族貴族婦女圖畫。
3 十八世紀末英國馬戛爾尼使團訪華時，隨
　行畫家威廉‧亞歷山大所畫之繪畫《女僕和
　孩子》。
4 外國人速寫：晚清街頭一景。
5 撐傘而立的富家小腳女人。

超級蓮迷的故事

《采菲錄》中講了許多超級蓮迷的故事，我們在這裏舉兩個例子。

其一，有位男士的妻子從五歲起開始纏足，但至八九歲時，因為當時社會上的號召即已放足，入校讀書。這位男士恨自己晚生了二十年，覺得自己生平「實未獲一握香蓮」的感覺，沒有機會親自體驗纏足老婆的「纖纖銷魂」了。最接近的一次體會也就是，當他還是小男孩時，曾偷拿堂表妹的小腳繡鞋，在被窩裏「狂嗅」一番，他將這個舉動比做「望梅止渴」。他的妻子曾經告訴他，小時候自己曾「遍捏」其姐妹的小腳。她講這些的目的是，把自己的感覺與他分享一下。超級蓮迷還寫道，妻子曾代他懇求她的表妹，切莫受到「時世」風尚所影響，應堅持纏足，保留香蓮，「並饜餘慾」。不過，結果是「妹終不許，相與惘然」。

其二：有個男人坦言他「愛蓮成癖，一見蓮足，即患夢遺」，苦苦掙扎後想到一個辦法，終於解決了他的遺精問題：就寢前，他把一隻比他的陰莖勃起時尺寸還小些的金蓮鞋，套在自己的陰莖和陰囊之上，再以鞋帶繫牢即可。在這項奇特的逆向操作裏，我們看到，原本在過去是宣洩慾念，甚至刺激高潮或自慰的物件，一下子變成了自我管控的工具。在這裏，金蓮鞋被賦予了某種法寶般的神奇功效。

李煜與窅娘

因為絕大多數研究中國女人纏足的學者認同纏足始於南唐的緣故，我們就先說說李煜與窅娘纏足。

李煜，五代十國時南唐國君 (961–975 年在位)，南唐第三任國君，史稱李後主。李煜在政治上是一個昏君，在文學上卻有很深的造詣。他還精書法，善繪畫，通音律，詩和文均有一定成就，尤以詞的成就最高。史料中有許多纏足始於窅娘的記載，如：元人陶宗儀撰《南村輟耕錄》中有「惟道山新聞雲，李後主宮嬪窅娘纖麗善舞，後主做金蓮高六尺，飾以寶物細帶瓔珞，蓮中做品色瑞蓮，令窅娘以帛繞腳，令纖小屈上做新月狀，素襪舞雲中迴旋有凌雲之態。」

《十國春秋》記載：窅娘纖麗善舞，後主做金蓮，高六尺，飾以寶物細帶，命窅娘以帛繞足，號纖小屈上作新月狀，素襪舞蓮花中，迴旋有凌波之態，由是人皆效之的記述。台為蓮花形，花上有花，包金或金鑄或銅鑄，飾以寶物彩帶絲絡。可以想見，其華麗程度必金光絢爛。此台便是非常美的觀賞物，又有其善舞的愛妃 —— 經過刻意裝扮的窅娘在上面翩翩起舞。蓮台成為舞台，此舞台並非尋常，大蓮台上有數個小蓮台。舞者不僅要有優美的身體動作，還要有腳的功夫。不可能是全腳掌着地，必須腳尖或前掌着地。也不能穿平常的鞋襪，而是以帛纏足，使足尖或腳掌敏銳地感受到地面情況，以便於控制身體重心。以帛纏足必然比穿鞋顯得纖小，「屈上」使腳背弓起。我們可以想像得出，李煜與窅娘共同創造的蓮台足尖舞，極有可能是中國芭蕾舞的雛形。

需要說明的是，李煜的發揮和創新並非憑空而來，想必是對前人小腳審美情趣的繼承和發展。風流才子的想入非非，窅娘十分賣力的發揮，應該是他們共同創造了金蓮台上的裹足舞，這倒是個不爭的事實。

玩蓮技巧

小腳在一些人心目中是極為神秘的器官。林語堂說：「纏足自始至終都代

表性意識的自然存在。」一雙可愛的小腳，最讓男人想入非非的莫過於一握在手的銷魂。除了握在手裏仔細鑒賞外，他們還發掘出了種種玩蓮的技巧。還有愛蓮男人大獻殷勤，幫女人洗腳、剪趾甲、磨厚肉、擦乾、敷粉，借機搔弄趾間、撫握，甚至親吻、啃咬等等趣味盡在其中。

在那個時代的男人看來，腳被注入的性內容似乎比真正的性器官如陰部、乳房等更妙，可以說腳就是性器官了。清代的李漁曾用這樣的讚美把女人的小腳與性聯結在一起：「瘦欲無形愈看愈憐惜，此用之在日者也；柔若無骨，愈親愈耐撫摩，此用之於夜者也。」

性學家概括了性交有多種姿勢，然而握金蓮也有多種方式，《香蓮品藻》中更是將三寸之足概述為：香蓮十八名、香蓮三貴、香蓮十友、香蓮五客、香蓮九品、香蓮三十六格、香蓮九賜、香蓮十六景、香蓮四印等等。女人的小腳在這裏同愛情和性那樣，被人為藝術化了，小腳的性文化意義也就大大擴展了。

三寸金蓮在男女性生活中有些甚麼衍生的具體技巧呢？前人歸納出了種種的握蓮姿勢，有正握、反握、順握、逆握、倒握、側握，斜握、竪握、橫握、前握、後握等十一種握法。這麼多握法，無非是把一雙小腳握在掌中，仔細體會出小巧動人、纖瘦可愛的地方，更重要的是，要借着捏弄、按摩，體會小腳的柔軟，進而激發男子的性慾。

據相關史料記載，在男女性生活中，三寸金蓮的應用範圍還特別的廣泛，技巧更是五花八門，古人總結出了食、承、懸、捉、挾、推、挑的玩法。

食：在女人小腳腳趾彎曲的深溝裏，放入瓜子和葡萄乾之類的食物，男人用舌頭去舐食，這是一種刺激性興奮的調情動作。

承：即是把小腳分別在頰上、膝上以及陽具上撫弄，藉以提高性慾。

懸：是把女子纏足的布解開，再用此布把女子的腳倒懸在床台上，用以提升男人性慾。

捉：就是將女子小腳，放在男人腳上，然後逐漸抬高。

挾：是要女子把小腳緊抱在胸前撫摩。

推：是把女子的兩腳當作車柄，雙手推握作推車狀。

挑：是將女子的一隻腳擔在男人肩上所作的性愛動作。這種放一隻腳在男人肩上的動作，也曾在《洞玄子》一書中出現，為許多男人所樂於採用。

此外還有吮、舔、嚙、咬等動作：用舌頭和牙齒貼到小腳上，吮或者舔，前者是男人用嘴像吸母乳般地吸吮小腳的蓮尖；後者是吻小腳腳掌。「嚙」是輕輕嚙咬金蓮各個部位；「咬」則是用力嚙咬腳趾。

《金瓶梅》中，西門慶用三根手指，撥弄賞玩潘金蓮的腳趾，這叫「拈」。還有「握」（雙手搯握），還有「捏」、「搔」（大拇指搔小腳腳板底部），「控」（中指插入腳趾間的深溝裏，輕輕摩擦）等等。

女性的腳踝及腳部被性學家認為是重要的性敏感部位，很多人也認同腳與生殖器是息息相關的，通過腳可以激起女性的性慾望。林語堂就曾說過：「纏足自始至終都代表性意識的自然存在。」《中國艷情》一書的作者荷蘭漢學家、東方學家高羅佩在書中也說：「小腳是女性性感的中心，在中國人的性生活中起着極為重要的作用。」

纏足婦女雙腳自幼束縛，未經霜露，裹布層層保護，每日細心浸潤、薰洗。女人小腳的皮膚細薄如嬰兒，一旦解開重重裹布，組織鬆散，輕軟如絮，這是男人最朝思暮想去一握銷魂的。《飛燕外傳》中有一段「漢成帝得疾，陰綏弱不能壯發，每持昭儀足，不勝至欲，輒暴起」的描述。當然這是後人文學作品中的的描述。但可以肯定的是，女人小腳具有壯陽的功能，想必是從生活中感覺、體驗出來的。這大概也是只要金蓮被男人一握一捏，便立刻春情蕩漾、不可自持的真正原因了。

被鄭振鐸稱為與《儒林外史》、《紅樓夢》並列為清中葉三大小說的《綠野

仙踪》（作者李百川）中多處寫到周璉與蕙娘偷情的情節，其中比較經典句子，在後人談論美足怎樣才能勾起男人慾火時，常常加以反覆引用：周璉細細賞玩蕙娘的小腳，……不禁連連誇獎道：「虧你不知怎麼下工夫包裹，才能到這追人魂、要人命的地步！」

人的腳上神經特別豐富，是對痛覺、搔癢、按摩、溫冷極敏感的性感帶。纏腳以後女性一雙腳上骨胳畸形退化，肌肉萎縮，循環衰竭，但是痛覺觸及神經，卻在反覆受傷刺激疼痛下變得更為敏感。雙腳平日以裹布厚厚保護着，一旦解開來，柔嫩纖細的肌膚接受揉弄撫摸的時候，刺激較常人倍增，會令男女春情蕩漾，這種感覺除了小腳的女人，一般人是很難想像得到的。

再從運動的角度看，自幼裹足的婦女，小腿肌肉萎縮，走路時用力在臀部和大腿上，致使臀部、大腿肌肉發達。小腳女人除了高聳搖曳的臀部具有性的魅力外，一般認為裹小腳能增強婦女陰部肌肉的收縮力，讓男人在性行為中，有如與處女行房的感覺，也讓婦女增強性行為的刺激性，這自然是使兩性都樂於接受的。

歷朝欣賞金蓮的標準

早在五代之前，即有詩文稱讚女性小腳之美，五代之後更是大量湧現。纏過的小腳被文人們譽為「金蓮」、「香鈎」、「步步生蓮花」等，把纏足與性更加緊密地聯繫了起來。

中國歷史上有許多談纏足的著作，例如唐代李義山的《李義山雜稿》，書中有對纏足數千字的記載。明代的《黃允文雜俎》，對纏足有歌詞及實物簡介，還提到了以宮鞋為酒杯，作為宴客之用的說法。

面對纏足婦女的小腳，歷代文人吟辭作賦，宣洩了對小腳的認同和讚美。看得出，這種審美情趣事實上包含了濃厚的性意識。纏足的最高目的是為了滿足男人的性慾，由於小腳「香艷欲絕」，玩弄起來足以使人「魂銷千古」。

中國的老百姓長期以來形成的有關纏足的觀念是根深蒂固的。民間早就有：「烏頭小腳遮半邊」的說法，意思是說女子容貌生得差一點無妨，只要有一頭烏髮和小小的金蓮還是能夠以美遮醜的。婚嫁取向及其與之密切相關的審美觀念，是問題的關鍵所在。

小腳美麗而大腳醜陋，是自從纏足成為時尚之後，人們形成的對女性的審美標準，也是近代人不願放足的最主要的原因。這一觀念雖然自十九世紀末二十世紀初，隨着西方文化的逐步傳入發生了一些變化，但直至二十世紀三四十年代，認為小腳好看並且易於婚嫁的觀點，仍在老百姓心目中佔據主導地位。至少自宋元到民國，女性的腳兒小是那時人們評價美女最重要的標準之一。

在那個時代的文學作品中，從張生眼中的崔鶯鶯到西門慶心儀的潘金蓮，文人言及「美人」都要論述一番小腳的動人和勾魂。文人的觀念一方面就是整個社會的審美觀點的反映，另一方面通過文學作品的傳播進一步加深了社會對小腳美的認同。進而，男人們把小腳視為女性美的必不可少的條件。

唐代：纖纖玉筍裏輕雲

有很多人舉楊貴妃的例子作為例證：唐玄宗逃難歸來，曾作《楊妃所遺羅襪銘》：「羅襪羅襪，塵生香不絕，圓圓細細，地下得瓊鈎，窄窄弓弓，手中弄初月。」中國的世典《群談採餘》中也有一首《楊妃羅襪詩》：「仙子凌波去不遠，獨留尖襪馬嵬山。可憐一掬無三寸，踏盡中原萬里翻。」從這些敘述中可以看出，不僅腳小是楚楚動人的，就連美人足上的飾品也一並值得欣賞。

公元六百年左右，唐代著名詩人白居易的詩中有一句話「小頭鞋履窄衣裳」。從「小頭鞋履」四字看來，應該是他已親眼目睹過纏足婦女。

　　唐代讚美小腳的詩詞還有很多，如韓偓的《五更》：「往年曾約郁金床，半夜潛身入洞房。懷裏不知金鈿落，暗中惟覺繡鞋香」。宣城詩人夏侯審留下的唯一詩作《詠被中繡鞋》這樣說：「雲裏蟾鉤落鳳窩，玉郎沈醉也摩挲。陳王當日風流減，只向波間見襪羅。」王之渙《惆悵詩十二首·之六》有：「薄幸檀郎斷芳信，驚嗟猶夢合歡鞋。」還有：「碧玉冠輕裊燕釵，捧心無語步香階，緩移弓底繡羅鞋。」（毛熙震《浣溪沙》）等等。

　　南齊東昏侯「步步生蓮華」的典故唐人顯然十分熟悉，詩詞中也就出現了「安得金蓮花，步步承羅襪」（李群玉《贈回雪》）、「方寸膚圓光致致，白羅繡屧紅托裏。南朝天子欠風流，卻重金蓮輕綠齒」（唐韓偓的《屧子》）一類讚美「金蓮」的詞句。

　　杜牧有詩：「鈿尺裁量減四分，纖纖玉筍裹輕雲。武陵少年欺他醉，笑把花前出畫裙。」鈿尺減四分約為現在的十七厘米；纖纖玉筍，形容腳的尖、瘦；裹輕雲應該就是纏足的意思了。夏侯審《詠被中繡鞋詩》中曾提到，把腳裹成一鉤新月狀，在被中穿睡鞋，供玉郎撫摩。

　　温庭筠說過「纖女之束足」。那個「束」字與「纏」字意義相同，足見當時的女性已有束足的習俗。這句話確實指出唐代一部分女性已有「束足」的事實，大概還不是怎麼普遍吧。

　　從這些描述中，我們可以比較清楚地探知當時纏足的情形。

宋代：纖妙說應難，需從掌上看

　　宋代涉及纏足的文學作品非常多。當時的樞密使唐鎬有詩：「蓮中花更好，

雲裏月常新，窅娘作也，由是人皆效之，以纖纖為妙。」

北宋道學家、詩人徐積有詩：「手自植松柏，身亦委塵泥，何暇裹雙足，但知勤四肢。」在當時的社會不裹腳肯定跟不上形勢。宋代話本小說《碾玉觀音》說璩秀秀「蓮步半折小弓弓」；蘇軾專談纏足的《菩薩蠻·詠足詞》中有「纖妙說應難，須從掌上看」。已開始用金蓮弓彎來描寫一雙纏過的小腳了。

大約在宣和以後，婦女都穿弓底的花鞋了。車若水《腳氣集》說：「婦人纏足不知始於何時？小兒未四五幾，無罪無辜，而使之受無限之痛苦，纏得小來，不知何用？」這大概是最早反對纏足的記錄。

宋室南遷後，纏足風氣更盛。宋代袁褧的《楓窗小牘》中曾提到，當時有一種讓纏足婦女的腳可以纏得小、纏得好的藥方 ——「瘦金蓮方」傳入南方。而攻佔汴京的金人，也都模仿宣和時期漢人的足飾。《宋史·五行志》有：「理宗朝宮人束腳纖直，名快上馬。」現存的南宋雜劇人物圖中的婦女，雙足不但纏得纖小，鞋頭還帶有明顯的彎勢，以提花羅做面，粗麻布做底，鞋頭尖銳、上翹，並用細繩挽成蝴蝶結。在浙江衢州的儒家學者史繩祖與其繼室楊氏合葬的墓中，出現了一雙史氏前妻羅雙雙的銀製弓鞋，出土的銀鞋整雙都是由銀片焊接而成。該鞋斜頭尖銳、高翹，鞋底還刻「羅雙雙」三字，以原配夫人的銀鞋作為陪葬，反映出當時男子對小腳的依戀。

《全宋詞》中有許多讚美小腳的詞句。晏幾道《浣溪沙》：「幾折湘裙煙縷細，一鈎羅襪素蟾彎。」賀鑄《南鄉子》：「二十四橋遊冶處，留戀。攜手嬌嬈步步蓮。」辛棄疾《念奴嬌》：「聞道綺陌東頭，行人曾見，簾底纖纖月。」盧炳《踏莎行》：「明眸剪出玉為肌，鳳鞋弓小金蓮襪」等等。

元代：金蓮窄小不堪行

到了元代，北方遊牧民族應該是沒有纏足的甚麼記載。元朝建立後，漢族聚集區的纏足風氣則遠盛於前朝。最明顯的是在元代的雜劇散曲中，凡是描寫女性人物，無不涉及足，並且動輒以纖小著稱，在文學作品中，對金蓮的吟誦也屢見不鮮。

元代伊世珍在《琅環記》中對富貴家族女子纏足之風更勝的原因，做了很好的註解：本壽問於母曰：「富貴家女子必纏足何也？」其母曰：「吾聞之聖人重女而使之不輕舉也，是以裹其足，故所居不過閨閣之中，欲出則有帷車之載，是無事於足也。」

元代李炯有詩《舞姬脫鞋吟》：「吳蠶入繭鴛鴦綺，繡擁彩鸞金鳳尾。惜時夢斷曉妝慵，滿眼春嬌扶不起。侍兒解帶羅襪松，玉纖微露生春紅。翩翩白練半舒捲，筍籜初抽弓樣軟，三尺輕雲入手溫，一彎新月凌波淺。象床舞罷嬌無力，雁沙踏破參差迹。金蓮窄小不堪行，倦倚東風玉階立。」

纏足自身有一個歷史發展過程。將文獻和元末窄而長的女鞋（可稱為「窄鞋」）聯繫起來進行分析，我們可以認定：元代纏足主流是將腳的前部纏得窄小；到了元代後期才出現類似「三寸金蓮」的記載，但是尚未成為主流。

明代：雙足弓小，五尺童子都知艷羨

到了明代，女子纏足之風更盛，被認為是時髦的表現，坊曲中的妓女，無不以自己的小足作為獻媚男子的籌碼。明末清初文學家余懷所作的短篇艷情小說《板橋雜記》，記述了明朝末年南京十里秦淮南岸長板橋一帶的槳聲燈影，以及妓院諸名妓的風花雪月。其中描述了一些妓女纏小腳的情景。如顧媚的弓

彎纖小，腰支輕亞；顧喜的趺不纖妍，人稱為顧大腳等等。類似的情況在當時許多性文學作品中都有反映。《歡喜冤家》（也有稱《貪歡報》）幾乎篇篇都有對小腳與性關聯的細緻的描述。馮夢龍所著《警世通言》「宿香亭張浩遇鶯鶯」中，有一垂髮女子「蓮步一折，着弓弓扣繡鞋兒」。

　　對小腳與性的描述不僅僅大量出現在艷情文學裏面，就連《西遊記》這樣的神魔小說，也有小腳的描寫：「玉環穿繡扣，金蓮足下深。」（第十二回《觀音呈象化金蟬》）

　　明代纏足可在仕女畫、春宮畫、小說及考古文物中屢屢見到。那時的宮女，都是纏足穿弓鞋，上面刺繡些小金花。明朝著名學者、詩人和文藝批評家胡應麟曾說：「雙足弓小，五尺童子都知艷羨。」可見當時制度是以纏足與否作為貴賤分野的。因此，明代婦女的纏足程度，又比元代更進一步。女人最性感的地方不是雙乳、胯下，而是她的「三寸金蓮」。明朝的唐伯虎，就滿懷激情地將小腳寫入詩中：「第一嬌娃，金蓮最佳，看鳳尖一對堪誇，新荷脫瓣月生牙，尖瘦纖弱滿面花。覺別後，不見它，雙鳧何日再交加？腰邊摟、肩上架，背兒擎住手兒拿。」一雙小腳，被唐伯虎形容為鳳凰尖頭、嫩荷、新月、雙飛鴛鴦⋯⋯

清代：柔若無骨，愈親愈耐撫摩

　　清代是文人墨客記錄纏足作品最多的。如方絢的《香蓮品藻》，內容皆為品評女性小腳的詩文；李漁（笠翁）的《笠翁偶集》中纏足的資料極其豐富；袁枚的《纏足談》則是一部暢談纏足美感的專門著作。此外，《蕉園夢談》、《文海披鈔》、《美人譜》、《敝帚齋餘談》等都有眾多涉及纏足的內容。而民國時期姚靈犀的《采菲錄》、《采菲新編》、《采菲精華錄》三本書，則都是談纏足

的專著。

　　清代的性小說中，描繪男女的性行為，也鮮有不描繪女子小腳的，總是寫男子對三寸金蓮如何欣賞，如何把玩，如何春心蕩漾等等，《綠野仙踪》、《品花寶鑒》等都無不如此。

　　在清中葉陳森所著《品花寶鑒》第五十七回裏，敘述公子哥兒在妓院吃花酒，席間也以妓鞋行酒：「紅香竺道：今番得了，查妃上老人的譜是脫鞋置酒，遍敬席上。珍珠見了，說道：這個斷斷使不得，怪髒的東西，那是甚麼樣兒？紅香道：不妨的。便要來脫他的鞋。珍珠一跑，不防紅雪在旁暗中把腳一勾，珍珠跌了一下，被紅香上前按住，脫了他一雙鞋下來，珍珠急得滿臉飛紅……

　　被纏了足的婦女，只能輕行緩步，一走三搖，不可能長途跋涉，翻山過河，因而極大地限制了她們隨意出遊或與人私奔的行為。但是應當說，供男子欣賞、把玩、發洩性慾才是女子纏小腳最關鍵的動因。比如，李漁對小腳的讚美：「瘦欲無形愈看愈憐惜，此用之在日者也；柔若無骨，愈親愈耐撫摩，此用之在夜者也。」

《金瓶梅》中的戀足描寫

　　被譽為明代「四大奇書」之首的《金瓶梅》，是我國文學史上最偉大的小說之一。小說作者在創作過程中，時時都流露出對女人小腳的鍾愛與欣賞。這裏我們舉幾個較為典型的例子：

　　第一回〈西門慶熱結十弟兄　武二郎冷遇親哥嫂〉：

　　　　武大每日自挑擔兒出去賣炊餅，到晚方歸。那婦人（潘金蓮）每日打發

武大出門，只在簾子下嗑瓜子兒，一徑把那一對小金蓮故露出來，勾引浮浪子弟，日逐在門前彈胡博詞，撒謎語，叫唱：「一塊好羊肉，如何落在狗嘴裏？」油似滑的言語，無般不說出來。

第二回〈俏潘娘簾下勾情　老王婆茶坊說技〉：

這個人（西門慶）被叉竿打在頭上，便立住了腳，待要發作時，回過臉來看，卻不想是個美貌妖嬈的婦人。……往下看尖翹翹金蓮小腳，雲頭巧緝山鴉。鞋兒白綾高底，步香塵，偏襯登踏……人見了魂飛魄喪，賣弄殺俏冤家。

第四回〈赴巫山潘氏幽歡　鬧茶坊鄆哥義憤〉：

（西門慶）故意把桌上一拂，拂落一隻箸來。卻也是姻緣湊着，那只箸兒剛落在金蓮裙下。西門慶一面斟酒勸那婦人，婦人笑着不理他。他卻又待拿箸子，起來讓他吃菜兒。尋來尋去不見了一隻。這金蓮一面低着頭，把腳尖兒踢着笑道：「這不是你的箸兒！」西門慶聽說，走過金蓮這邊來，道：「原來在此。」蹲下身去，且不拾箸，便去他繡花鞋頭上只一捏。那婦人笑將起來，說道：「怎這的羅唣！我要叫了起來哩！」

第四回中還有一段：

那西門慶見婦人（潘金蓮）來了，如天上落下來一般，兩個並肩疊股而坐。……這西門慶仔細端詳那婦人，比初見時越發標緻。吃了酒，粉面上透出紅白來。兩道水鬢，描畫的長長的。端的平欺神仙，賽過嫦娥……西門慶誇之不足，摟在懷中，掀起他裙來，看見他一對小腳，穿着老鴉緞子鞋兒，恰剛半权，心中甚喜。

第六回〈何九受賄瞞天　王婆幫閒遇雨〉：

　　西門慶聽了，歡喜的沒入腳處，一手摟過婦人粉頸來，就親了個嘴⋯⋯婦人笑道：「蒙官人抬舉，奴今日與你百依百隨，是必過後休忘了奴家。」西門慶一面捧着他香腮，說道：「我怎肯忘了姐姐！」兩個調笑玩耍。少頃，西門慶又脫下他一隻繡花鞋兒，擎在手內，放一小杯酒在內，吃鞋杯耍子。婦人道：「奴家好小腳兒，你休要笑話。」

第七回〈薛媒婆說娶孟三兒　楊姑娘氣罵張四舅〉：

　　婦人（孟三兒）起身，先取頭一盞，用纖手抹去盞邊水漬，遞與西門慶，道個萬福。薛嫂見婦人立起身，就趁空兒輕輕用手掀起婦人裙子來，正露出一對剛三寸恰半扠尖尖翹翹金蓮腳來，穿着雙大紅遍地金雲頭白綾高低鞋兒。西門慶看了，滿心歡喜。

第九回〈西門慶偷娶潘金蓮　武都頭誤打李皂隸〉：

　　（月娘仔細觀看潘金蓮之後）吳月娘從頭看到腳，風流往下跑；從腳看到頭，風流往上流⋯⋯第三個就是新娶的孟玉樓，約三十年紀，生得貌若梨花，腰如楊柳，長挑身材，瓜子臉兒，稀稀的幾點微麻，自是天然俏麗，惟裙下雙彎與金蓮無大小之分。

第十三回〈李瓶姐牆頭密約　迎春兒隙底私窺〉：

　　（西門慶）打選衣帽，叫了兩個跟隨，騎匹駿馬，先徑到花家。不想花子虛不在家了。他渾家李瓶兒，夏月間戴着銀絲鬏髻，金鑲紫瑛墜子，藕絲對衿衫，白紗挑線鑲邊裙，裙邊露一對紅鴛鳳嘴尖尖翹翹小腳，立在二門裏台基

上……見他生的甚是白淨，五短身材，瓜子面兒，細彎彎兩道眉兒，不覺魂飛天外，忙向前深深作揖。

第五十八回〈潘金蓮打狗傷人　孟玉樓周貧磨鏡〉：

> 月娘便問：「這位大姐是誰家的？」董嬌兒道：「娘不知道，他是鄭愛香兒的妹子鄭愛月兒。才成人，還不上半年光景。」月娘道：「可倒好個身段兒。」說畢，看茶吃了，一面放桌兒，擺茶與眾人吃。潘金蓮且揭起他裙子，撮弄他的腳看，說道：「你們這裏邊的樣子，只是怎直尖了，不像俺外邊的樣子翹。俺外邊尖底停勻，你裏邊的後跟子大。」

為甚麼《紅樓夢》沒有對小腳的描述？

與眾多的明清小說紛紛青睞女人小腳形成鮮明對照的是，《紅樓夢》卻是獨樹一幟，通篇找不到一處對女人小腳的渲染和描述。

曹雪芹生活在清代，正是纏足盛行的時候，然而，為甚麼《紅樓夢》從頭至尾對於小腳的描述諱莫如深呢？

其實，關於《紅樓夢》是否涉及了纏足的問題，早在 1963 年，啓功先生在《讀〈紅樓夢〉札記》中就已作了考證。他認為，曹雪芹在小說開頭就聲稱：「只是朝代年紀，失落無考。」這是為了實踐作者的「假作真時真亦假，無為有處有還無」的寓真實於虛構的寫作手法，其目的是為了避免文禍。儘管書中也寫了許多生活制度、人物服飾、器物形狀、清代旗籍上層人物的家庭生活等。但如仔細探究，全書所寫，從未確指清代。為了避免被人誣為「誹謗本朝」，因

此曹雪芹即使有時不得不寫小孩辮髮和婦女的腳，也是小心翼翼，不能露出所寫必是清代的痕跡。

可見，《紅樓夢》著者儘管竭力在小說中迴避反映當代特色，但作家往往只能寫他最熟悉的生活和事物，所以很難撇得一乾二淨。纏足問題是曹雪芹筆下的忌諱，正如髮辮問題。但當時的現實生活是那樣紛紜繁複，一個忠於寫實的作家，又怎能完完全全不露一點神色呢？也正因如此，對於小說中女子的纏足與否，他寫了上述的「不寫之寫」。

清朝第一才子的戀足情結

從十九世紀末到二十世紀初，辜鴻銘曾被稱為「清朝第一才子」、東方的代言人、聖哲。更有一些西方人士說，「到中國可以不看紫禁城，不可以不看辜鴻銘」。然而，就是這樣一個在當時學貫中西，獨領風騷的才子，許多人可能並不知道他竟然也是一個地地道道的「小腳迷」。

辜鴻銘祖籍福建泉州，1857 年生於馬來半島西北的檳榔嶼（現在的馬來西亞檳城）一個英國人的橡膠園內。早年，他祖輩由中國福建泉州府惠安縣遷居南洋，積累下豐厚的財產和聲望。他的父親辜紫雲當時是英國人經營的橡膠園的總管。他的母親則是金髮碧眼的葡萄牙人，講英語和葡萄牙語。這種家庭環境下的辜鴻銘自幼就對語言有着出奇的理解力和記憶力，除流利的閩南話外，他還能講英語、馬來語。沒有子女的橡膠園主布朗先生非常喜歡他，將他收為義子。讓他閱讀莎士比亞、培根等人的作品。1867 年，辜鴻銘隨布朗前往蘇格蘭。十四歲時，他又被送往德國學習科學，後回到英國。這期間他掌握了英、德、法、拉丁、希臘等國語言。

1873 年，辜鴻銘考入愛丁堡大學文學院攻讀西方文學專業，並得到校長，著名作家、歷史學家、哲學家卡萊爾的賞識。四年後，他以優異的成績獲得該校文學碩士學位。後來他分別進入德國萊比錫大學和巴黎大學，分獲土木工程和法學學位。1880 年，辜鴻銘結束自己十四年的求學歷程返回檳城。1881 年，他辭去當地殖民政府職務，學習中國文化。1885 年，辜鴻銘前往中國，被湖廣總督張之洞委任為「洋文案」（即外文秘書）。當時，張之洞實施新政、編練新軍，也很重視高等教育。

　　光緒十九年（1893），在辜鴻銘鼎力謀劃下，由他擬稿，再呈張之洞審定的《設立自強學堂摺》上奏光緒皇帝，籌建由國人自力建設、自主管理的高等學府 —— 自強學堂（武漢大學前身），得到欽准。自強學堂正式成立後，蔡錫勇受命擔任總辦（校長），辜鴻銘任方言教習。辜鴻銘授課非常受學生歡迎，被全校師生景仰，成為自強學堂一代名師。

　　1905 年，辜鴻銘任上海黃浦浚治局督辦。1908 年，宣統即位，辜鴻銘任外交部侍郎。兩年後，他辭去外交部職務，赴上海任南洋公學監督。

　　辛亥革命後，辜鴻銘辭去公職，於 1915 年，去北京大學任教授，主講英國文學。1924 年，辜鴻銘赴日本講學三年，其間曾赴台灣講學，1927 年，從日本回中國。1928 年 4 月 30 日在北京逝世，享年七十二歲。

　　有人稱辜鴻銘生在南洋，學在西洋，婚在東洋，仕在北洋。他精通英、法、德、拉丁、希臘、馬來等九種語言，獲十三個博士學位，他是第一個將中國的《論語》、《中庸》等用英文和德文翻譯傳到西方的人。他曾經向當時的日本首相伊藤博文大講孔學，與文學大師列夫·托爾斯泰書信來往縝密，討論世界文化和政壇局勢，被印度聖雄甘地稱為「最尊貴的中國人」。

　　辜鴻銘確實為中國人爭了不少面子。他是中國文化輸出的功臣。他的最大貢獻是把中國儒家經典古籍譯成外文，遠揚海外，影響深遠。林語堂評論辜鴻

銘的譯著「卓越聰明」、「正確明白」。在英國、法國特別是德國人眼中，辜鴻銘是最受人尊敬的中國哲學家。

二十世紀初，西方認可的東方文化人只有兩位：印度的泰戈爾和中國的辜鴻銘。他們同為 1913 年諾貝爾文學獎提名人（泰戈爾獲獎）。1891 年，俄皇儲來華，曾向他贈送鏤皇冠金錶；1898 年，日本首相伊藤博文主動會晤他；1906 年，他與俄國作家托爾斯泰有了書信往來；1920 年，英國作家毛姆專程來訪會晤辜鴻銘；1921 年，日本作家芥川龍之介來訪；1924 年，印度詩人泰戈爾來訪；丹麥作家勃蘭克斯作專著《辜鴻銘論》；日本作家清水安三作《辜鴻銘》。

辜氏逝世第二天，吳宓在《大公報》發表的悼文中說：「除政治上最主要之一二領袖人物應作別論外，今日吾國人中，其姓名為歐美人士所熟知，其著作為歐美人士所常讀者，蓋無有如辜鴻銘氏。自諸多西人觀之，辜氏實是中國文化之代表，而中國在世界唯一有力之宣傳員也。」

這樣一位學富五車、甚為中西景仰的大腕級人物，卻對中國女人的小腳懷有特殊鍾愛。

辜鴻銘的原配夫人叫淑姑，是他回到中國後精心挑選的。在娶到淑姑之前，他曾經多次表白，他理想中的妻子應該是：小足、柳腰、細眉、溫柔、賢淑，這些要求在淑姑身上都一一具備。他有自己的一套理論：三寸金蓮走起路來婀娜多姿，會產生柳腰輕擺的媚態，那小足會撩起男人的遐想。他認為女人的奇絕之處全在小腳。辜鴻銘在欣賞淑姑「三寸金蓮」的同時，還曾為此吟詩：

　　春雲重裹避金燈，自縛如蠶感不勝。
　　只為瓊鈎郎喜瘦，幾番縴約小於菱。

他的這一癖好，還曾經引出一則笑話：在北大執教時，他去一位學生家看藏書，見到開門丫頭的腳纏得特別小，頓生興趣。本來他是來看學生所藏的宋

版書的，此時心意全亂，匆匆瀏覽，觸景生情給學生寫了一副古人集句：

　　古董先生誰似我？
　　落花時節又逢君！

　　這位學生悟出先生大概是想得到這個丫頭，自然投其所好，決意將丫頭送給辜鴻銘。那丫頭行前把小腳洗了又洗，到了辜府，辜鴻銘捉起丫頭的小腳，卻嗅不到一絲肉香（臭味），趣味索然，差人把丫頭送了回去，並附一信，只書四字「完璧歸趙」。

　　辜鴻銘在日本講學時納了一名日籍的妾，就是大阪姑娘吉田貞子。貞子漂亮、溫柔，是個大腳。他把貞子比作「鎮靜劑」，只要她陪他睡覺。辜鴻銘日後聲言：「我的一生有如此之建樹，原因只有一條，就是我有興奮劑（淑姑）和安眠藥（吉田貞子）日夜陪伴着我。」

　　談到他對纏着小腳的中國傳統女人為甚麼特別鍾愛時，他說：「和這裏的女人比，西洋女人都不一樣，她不一定要受過甚麼教育，嫁夫、生子是唯一的天職。她得有一雙用布精心纏過的纖巧玲瓏的小腳，她不會到外面亂跑，整日不是煮蓮子羹，就是呆在深閨裏繡荷包、枕頭、剪紙，要不就帶孩子。她的身段兒要像垂柳的綫條，眉毛得像新月，眼波如秋水。要知道女為悅己者容，丈夫喜歡她怎樣打扮，她就怎樣打扮，絕對聽丈夫的話，說起話來輕聲慢語，面帶笑容，尤其是丈夫如果要討小老婆，她還會幫着打點聘金和嫁妝……」

　　辜鴻銘欣賞小腳的美妙，也有其一套理論：西方女人總是以掩藏她們的乳房來突出她們的乳房；日本女人則以掩藏其下腹部而突出其下腹部；新幾內亞女人則掩藏起她們的雙腿；薩摩亞女人藏起她們的肚臍；阿拉伯女人掩着她們的臉部；中國女人則把雙腳藏裹起來。

　　辜鴻銘的解釋是：掩蓋得愈深，愈令人着迷。纏了小腳的女人走起路來

婀娜多姿，所以，小腳之美，總會在一個遮字上面。這種神秘感豈是言語能形容？這種神秘美妙，甚至可以與西洋女人穿高跟鞋相比。他還強調，纏上裹腳布後，更顯一種神秘的美感。纏了腳的女子，走路腰椎骨向前屈，會產生一種柳腰款擺、婀娜多姿的魅力體態。如此習慣之後，自然產生出款擺腰肢的儀態萬方，風姿婀娜中，足以撩起男人的無限遐思。

對西方女人的所謂「美」，辜鴻銘則不屑一顧。他說：那些洋妞，個個把胸脯繃得高高的，遮將起來，其實是向別人介紹商品，一目了然，毫無餘韻。穿上誇張的大罩裙，移動起來，如同笨物，哪有半點婀娜之趣？那些奶罩、束腰，豈不讓人掃興，最是糟踐女人。她們那雙大腳到處走動，簡直從頭到尾沒有一絲餘韻。我想告訴她們，想美，就改造腳，千萬別改造肚子，那裏是生產要地，糟蹋不得！

他呼籲，「我們祖先發明的纏足，實實在在不是甚麼虐政，乃一大貢獻也。裹腳，運動重心由腳移到臀部，自然使臀部血液流暢，發育得更好，豈是束腰之類可以比擬？」

辜鴻銘寫作時總愛把淑姑喚到身邊，讓她脫去鞋襪，把小足伸到他的面前讓他賞玩，然後用鼻子去聞腳上香味（肉香）。他覺得這是「興奮劑」。一邊玩賞一邊寫作。有時文思枯澀，他便把淑姑的盈盈小足握在手中，頓覺思如泉湧，下筆千言。

纏足詩詞

春秋以前，女子的腳怎麼樣，似乎沒有引起文人的多大注意。在《詩經》等作品中，儘管對女子之美存在許多細緻入微的描寫，卻沒有直接提到女子的

腳。戰國時代描寫女性的作品已發生一些變化，已經涉及到女子行步的態勢，而且說女子走路「婆娑」、「徐步」、「躑躅」等，表明以行步舒緩、神態安閒為美。

到了西漢，描寫女子的作品已經強調女子走路的安閒、靜謐。直到西漢末年，班婕妤的《搗素賦》，對於女子腳的描寫又進了一步：「紅黛相媚，綺組流光，笑笑移妍，步步生芳。」這裏的「步步生芳」，自然離不開對女性腳美的欣賞。到了東漢，文人描寫女子的腳，常常先是描寫腳的附屬物 ── 鞋襪。六朝文人則開始直接描寫腳本身，如陶淵明《閒情賦》：「願在絲而為履，附素足以周旋」，謝靈運《東陽溪中贈答二首》：「可憐誰家婦，緣水洗素足」。此時，人們已經注意女足的自身美，如古樂府的《雙行纏曲》，有「新羅繡行纏，足趺如春妍；他人不言好，我獨知可憐」等。

唐代就有「履上足如霜，不着鴉頭襪」，「一雙金齒屐，兩足白如霜」，「細尺裁量減四分」等描述，明確表明纖小是女足美的一個重要方面。

宋代詩人蘇東坡曾專門做詠嘆纏足的《菩薩蠻》，還有李商隱「浣花溪紙桃花色，好好題詩韻玉鈎」等對女足的詠讚，突出了對女人小腳靜態美的讚揚。

元代文人繼續着意描寫、歌詠婦女小腳，如《西廂記》中，張生遇見鶯鶯後，回到房內獨自想她的模樣，同時也就想到了她的腳：「想她眉兒淺淺描，臉兒淡淡妝，粉香玉搓膩咽項，翠裙鴛繡金蓮小……」寫到鶯鶯燒香時，也特別留意她的腳；偷情前的「行一步可人憐，……步香塵，印底兒淺」，偷情後的「下香階懶步蒼苔，動人處弓鞋鳳頭窄」，對於一雙纖足的精心描述，可謂匠心獨具。

明清時代纏足風俗盛行，幾近瘋狂。此時文人對於女子小腳的讚美也到了極點，數不清的「美人詩」、「美人詞」，言必及三寸金蓮。當時的文壇，處處可以見到對於小腳的讚不絕口。歌詠的對象為蓮足、蓮鞋、凌波（女襪）、

膝褲、纏腳布等等，並且由整體進而局部無不涉及。對於一雙蓮足，有專詠腳背、腳心、足尖、足踵、折腕的；對於一雙蓮鞋，又有專詠鞋口、鞋尖、鞋底、鞋幫、鞋帶的。總之，各個細部都是精心刻劃。此外，還有從春晝初長、小苑黃昏、花前月下、池畔柳旁等等不同角度、不同側面構思的，有說金蓮冷艷似「寒梅瘦影」的，有說金蓮輕盈而「落地無聲」的，有說金蓮彎彎「彎比虹腰」的，有說金蓮尖小是「玉筍纖纖嫩」、金蓮之柔「如團新絮，觸膚欲融」等等的。總之，一雙金蓮無處不美、無處不妙，傾天下最好最美的言詞來形容它們也嫌不够。把纏足描繪成天上少有、人間絕無的第一等美妙事兒，叫人一提到三寸金蓮便怦然心動，叫人一見金蓮便想入非非。

明清兩代性文學中，凡涉及男女性行為，通常都少不了男人把玩、揉捏女子小腳這一場面。《歡喜冤家》、《綠野仙踪》、《品花寶鑒》、《金瓶梅》等等，對此都有許多唯妙唯肖的描述。

另外，一些低俗文人在嫖妓時，還留下了專門描寫玩弄妓女小腳的詩詞，比較典型的如彭孫燏的《延露詞》。這首詞把女人的一雙三寸金蓮寫得美妙無比。從這樣的詩詞作品中，可以看出當時整個社會的性心理和性審美觀的流行取向，一句話，就是很多人已經是地地道道的戀足癖。

說到戀足癖，比較著名的是元末明初詩人、文學家楊鐵崖。他特別喜歡脫纏足的舞女的鞋，將其用來置杯行酒，謂之金蓮杯。陶宗儀還在《南村輟耕錄》卷二十三中，把美人鞋醒酒的愛好追溯到王深輔的《雙鳧》詩。

在文人對女人小腳的極力推崇下，社會上「小腳美」的觀念愈演愈烈，就有了：「古來美人，其足無有不纖纖者」，「愛纖足者大多為文人雅士；愛銀錢者，則為村夫俗子」的論調。

下面是從歷代眾多與纏足有關的詩詞、歌賦中選取的一部分：

（六朝）樂府詩 《雙行纏》

新羅繡行纏，足趺如春妍；他人不言好，獨我知可憐。

（唐）白居易

小頭鞋履窄衣裳，青黛點眉眉細長；外人不見見應笑，天寶末年時世妝。

（唐）杜牧

鈿尺裁量減四分，纖纖玉筍裏輕雲；武陵少年欺他醉，笑把花前出畫裙。

（東晉）陶淵明

願在絲而為履，附素足以周旋。

（宋）蘇東坡《菩薩蠻·詠足》

塗香莫惜蓮承步，長愁羅襪凌波去。只見舞回風，都無行處蹤。偷穿宮樣穩，並立雙趺困。纖妙說應難，須從掌上看。

（宋）劉改之《春光好》

吳綾窄，藕絲重，一鉤紅。翠被眠時要人暖，着懷中。六幅裙，籅輕風，見人遮，盡行蹤。正是踏青天氣好，憶弓弓。

（宋）朱淑真《繡鞋詩》

尖尖曲曲，緊把紅綃躡。朵朵金蓮奪目，襯出雙鈎紅玉。華堂春睡深沉，拈來綰動春心，早被六丁收拾，蘆花明月難尋。

（元）李炯《舞姬脫鞋吟》

吳蠶入繭鴛鴦綺，繡擁彩鸞金鳳尾。惜時夢斷曉妝慵，滿眼春嬌扶不起。侍兒解帶羅襪松，玉纖微露生春紅。翩翩白練半舒卷，筍籜初抽弓樣軟，三尺輕雲入手溫，一彎新月凌波淺。象床舞罷嬌無力，雁沙踏破參差跡。金蓮窄小不堪行，倦倚東風玉階立。

（元）李炯《繡鞋一詠》

羅裙習習春風輕，蓮花帖帖秋水擎。雙尖不露行復顧，猶恐人窺針線情。縷雲隱映弄新月，花影依稀襯香煩。彩鳳將翔相顧飛，鴛鴦謾語愁丹裂。落紅濕透燕支膩，半幅凌波剪秋水。莫教踏破浣溪沙，濕重東風抬不起。

（元）馬致遠雜劇《夜行船》

比如常向心頭掛，爭如移上雙肩，搭問得冤家既肯，須當手親拿。或是胳膊上擎，或是肩兒上架，高點銀燈看咱，惦弄徹心兒歡，高放着盡情兒耍。

（元）王深輔《睡鞋詩》

紅繡鞋，三寸整，不着地，偏乾淨。燈前換晚裝，被底勾春情。玉腿兒輕翹也，與郎肩兒並。

（元）王深輔《雙鳧詩》

時時行地羅裙掩，雙手更擎春瀲灩。傍人都道不須辭，盡做十分能幾點。春柔淺釀葡萄暖，和笑教人勸引滿。洛塵忽掩不勝嬌，劃蹈金蓮行款款。

（元）薩都剌《排歌》

纖纖玉趾，掌上輕盈，供男人燈前把玩，摩挲展賞。真是道不完的相思情，滿腔愛戀盡在詩作中。

（元）商挺《潘妃曲》

小小鞋兒連根繡，纏得幫兒瘦。腰似柳，款撒金蓮懶抬頭。那孩兒，見人羞，誰把裙兒扣。
小小鞋兒白腳帶，纏得堪人愛。疾快來，瞞着爹娘做些兒怪。你罵吃敲才，百忙裏解花裙兒帶。

（明）廖道南《纏足》

白練輕輕裹，金蓮步步移；莫言常在地，也有上天時。

（明）倪縉《楊妃羅襪詩》

仙子凌波去不遠，獨留尖襪馬嵬山；可憐一掬無三寸，踏盡中原萬里翻。

（明）馮夢龍《一枝紅杏》

風流小姐出妝台，紅襖紅裙紅繡鞋。後園月上，情人可來？無蹤無影，只得把梯兒展開。小阿姐兒三寸三分弓鞋，踏上了花梯伸頭只一看，分明是一枝紅杏出墻來。

（明）馮夢龍《擁紅綾》

擁紅綾，才把牙床下。慢款金蓮，去對菱花。挽烏雲，細細又把眉來畫。俏多才，細問昨夜風流話，佳人無語，笑而不答。
啓朱唇，悄言低語，把才郎罵。

（明）馮夢龍《春風起吹透香閨》

春風起吹透香閨。芳心繚亂，捲珠簾，輕移蓮步，獨自向廳前。細聽那燕語鶯啼，百囀千聲，繞遍垂楊如線。雅裝翠黛，眉尖上幽恨向誰傳？卻教我一縷柔腸，繫不住薄情人留戀在天涯。縱有那嬌紅嫩蕊，開放林間，任憑那癡心粉蝶，尋花捉對，舞翅蹁躚，此一番，對着春光看見春光面。

（明）唐伯虎《裹腳》

裹腳（布）兒，自幼的被你纏上。行雙雙，坐雙雙，到晚同床，白日裏一步兒可曾鬆放。為你身子消瘦了，為你行步好郎當。為你絆住了我的跟兒，只得隨你同來往。

（明）唐伯虎《掛歌》

第一嬌娃，金蓮最佳。看鳳頭一對堪誇，新荷脫瓣月生芽，尖瘦纖柔滿面花，覺別後，不見她，雙鳧何日再交加。腰邊摟，肩上架，背兒擎住手兒拿。

（明）徐秉衡《繡鞋詩》

幾日深閨繡得成，着來便覺可人情。一彎暖玉凌波小，兩瓣秋蓮落地輕。男陌踏青春有跡，西廂立月夜無聲。看花又濕蒼苔露，曬向窗前趁晚情。

（明）楊慎《好女兒》

柳似腰肢，月似蛾眉，看千嬌百媚堪憐處，有紅拂當筵，金蓮襯步，玉
筍彈棋。

（清）馬少蓮《詠金蓮》

三寸圓趺軟似棉，拋將羅襪坐床前。
高翹腳趾多靈動，夾住媒頭好吸煙。

（註：媒頭，火拈兒）

（清）馬少蓮《梧州竹枝詞·醜吟》

裙下雙鈎賽窈娘，姍姍入座冠群芳。
誰知滅燭聯衾際，細度雙趺較我長。

（清）王廷紹《纏足俚歌》

三寸金蓮最好看，全憑腳布日日纏。
蓮步姍姍多大方，門當戶對配才郎。

（清）西湖漁隱主人著小說《歡喜冤家·第十八回·啄金蓮》

濯罷蘭湯雪欲飄，橫擔膝上束足衣。
起來玉筍尖尖嫩，放下金蓮步步嬌。
踏罷香風飛彩燕，步殘明月聽瓊笛。
幾回宿向鴛被下，勾到王宮去早朝。

（清）張邵詠《繡鞋詩》

樣減銷金軟勝綿，家牙斜坐試將眠。纖纖縫就雲分瓣，窄窄兜來月上弦。未怯春風吹彩鳳，只愁夜雨濕紅蓮。玉郎瞥見心先碎，索傍銀燈掌上憐。

（清）張邵詠《遞和諧》

其一：

新婚之夜重和諧，須請良人代易鞋。
臥履覓來仍怯遞，含情無語擲郎懷。

其二：

蓬鬆雲髻墮金釵，點點春情未忘懷。
猶記昨宵燈影畔，教郎替換睡時鞋。

（註：洞房花燭之夜，需由新郎替新娘脫去日間所穿繡鞋，換上睡鞋，此謂「遞和諧」）

（清）張邵詠《解縛濯足》四詠

春風不度玉珠簾，三尺縑約不着汗；輕喚小婢合雙扉，自濯雙筍玉纖纖。
款步蓮花不用扶，鮫綃解處見冰膚；皺眉欲索三年艾，得意誰償一斛珠。
解時如剝春前筍，繞處能生掌上蓮；試揭紅裙問究竟，雙鳧翹翹軟如棉。
休嗤束帛太炱炱，迢迢層層手自纏；着力不曾分曉夜，芳心直欲鬥嬋娟。

（清）蒲松齡《聊齋·績女·南鄉子》

隱約畫簾前，三寸凌波玉筍尖。點地分明蓮瓣落，纖纖，再着重台更可憐。
花襯鳳頭彎，入握應知軟似綿。但願化為蝴蝶去，裙邊，一嗅餘香死亦甘。

（清）蒲松齡《聊齋·褚生·浣溪沙》

淚眼盈盈對鏡台，開簾忽見小姑來，低頭轉側看弓鞋。強解綠蛾開笑面，頻將紅袖拭香腮，小心猶恐被人猜。

（清）彭羡門《延露詞》

朱絲婉轉垂銀蒜，今宵底事拋針線。怪煞太風流，頻頻撼玉鈎。千般輕薄夠，可也羞燈火。漸覺麝蘭微，畫屏人欲迷。

（清）周實《沁園春》

玉骨冰肌，明眸皓齒，艷煞芳卿。況窄窄雙鈎，迎風欲卻，纖纖一拈，落地無聲。洛浦仙蹤，蓮花款步，更覺彎腰畫不成。嬌柔處，為檀郎誤蹴，眉上愁生。石榴裙子鮮明，兼羅襪繡鞋着力輕。
看芍藥欄邊，無人獨去；合歡池畔，倚婢閒行。心事重重，腳跟傳出，微露深藏總有情。憑誰訴，記搓摩五夜，含淚盈盈。

（清）樊增祥《滿江紅·繡鞋尖》

一拈輕紅，怎纖細不禁捉搦。不憶得倒提金縷，珍珠欲滴。新筍侵莎才露穎，嫩蓮出水不沾泥。認中間一道愛多梁，朱絲直。瞞不過，芳苔跡，遮不住，湘裙隙。任桂榴雙繡，纖纖黍粒。窺客趹開珠箔線，聽歌點落雕欄漆。似藕花風小蜻蜓，依人立。

（清）佚名《金蓮好》四首

金蓮好，裙底鬥春風。鈿尺量來三寸小，裊裊依依雪中行，款步試雙紅。
金蓮好，入夜最銷魂。兩瓣嬌荷如出水，一雙軟玉不沾塵，愈小愈歡心。
金蓮好，最俏是紅菱。窄瘦纖薄香軟正，輕勻腴潤淡幽空，疑在夢迷中。
金蓮好，蹻步更纖妍。筍籜初抽春雨後，羅裙掩映繡屏間，飄逸勝天仙。

（清）佚名《賞紅菱》

角枕生香來暖玉，牙床剪燭試金蓮。牽情多是微尖處，疑捏摩挲怎可憐。
蓮底兜紅一捏綿，畫藏幽處夜同眠，尖尖媚柳春間葉，曲曲初白月上弦。

（清）周笙頤《念奴嬌‧美人足》

踏花行遍，任匆匆，不愁香徑苔滑。六寸圓膚天然秀，穩稱身材玉立。
襪不生塵，版還疊玉，二妙兼香潔。平頭軟繡，風翹無此寧帖。花外來
上秋千，那須推送，曳起湘裙褶。試仿鞋杯傳綺席，小戶料應愁絕。第
一銷魂，溫存鴛被底，柔如無骨。同偕識好，向郎乞，借吟鞋。

纏足與性的內在聯繫

1　唐伯虎春宮畫之一。
2　唐伯虎春宮畫之二。
3　唐伯虎春宮畫之三。
4　唐伯虎春宮畫之四。

1　唐伯虎春宮畫之五。
2　唐伯虎春宮畫之六。
3　唐伯虎春宮畫之七。
4　唐伯虎春宮畫之八。

女人之美在腳，女人腳之美在想像。古今中外大量的文學作品有許多對於女性腳的吟詠禮讚。

普希金在《葉甫蓋尼‧奧涅金》中有「走遍整個俄羅斯，也找不到這樣一雙小腳」的話。陶淵明有「願在絲而為履，附素足以周旋」的句子。林語堂先生曾描述過女子纏足後的步態：中國女子的纏足，完全地改變了女子的風采和步態，「致使她們粉臀肥滿而向後凸出，其作用等於摩登姑娘穿高跟皮鞋，且產生了一種極拘謹纖婉的步態，使整個身軀形成弱不禁風，搖搖欲倒，以產生楚楚可憐的感覺」。

古今中外的學者對女性「腳」的讚美大同小異，但有一點是毋庸置疑的，那就是，腳與性存在着某種必然的聯繫。

專家解讀腳與性的關係

人類的腳到底有沒有「性」的功用？近年來人類學家、心理學家、醫學研究專家都曾做過專門研究。大量的研究案例表明：腳是具有第五感官 —— 觸覺的器官之一，也是人體中富有性感、能傳遞性的信號的部位。

德國心理學家艾格雷芒特在他的經典性著作《腳與鞋子的象徵意義及其色情性》中說：「赤裸的腳是表現性魅力的一種方式。腳和有關性的事物有着密切的聯繫。」而另一位性心理研究者哈伍洛克‧埃裏斯也指出：「腳也是身體中最有誘惑力的部位。」

著名的精神病學者卡爾‧梅林傑爾在其《人類心靈》中寫道：「世界各國的神話和民俗裏有大量的材料表明，腳與性觀念有着緊密的聯繫。在某些地方的某些時期，人們甚至覺得裸露腳比裸露生殖器更可恥。在世界很多地方，人們

認為一個女人在大庭廣眾之中裸露出自己的腳是丟臉的,即使穿着鞋子也是如此。婦女把腳和腿包裹、裝飾起來,從而使她們更加引人注目,具有多種特殊的心理學價值,其中有具意識的,也有潛意識的。它們表現出相當的性特色,因而被看成是極有價值的器官。」

心理學家貝爾納德·盧多夫斯基在他的著作《過時的人體》中寫道:「脫掉異性的鞋襪是性佔有的一種象徵。的確『腳』一字經常被用作生殖器的委婉說法。」

十八世紀意大利傳奇式人物、作為色情狂著稱於世的卡薩諾瓦在他的回憶錄中聲稱:所有像他一樣對女人感興趣的人,都被女性之腳的性魅力誘惑。

英國布羅塞德醫院的倫布恩大夫在其研究文章《肉體和心靈中的腳與鞋子》裏說:「在原始人心目中,一個男人或他的腳與其腳印之間有一種和諧的聯繫,原始人相信他的靈魂就寄居在他的腳印裏。」

也有醫學專家從解剖學的角度研究後認為:纏足後的婦女,為了能够好好地站立行走,兩腿及骨盆肌肉需經常地繃緊。因此,腳作為一種自然的色情器官是當之無愧的。腳具有自己的「性神經」,成為人體最敏感的觸覺,如有肉體接觸,腳能產生最親密的性感受。在人體性感區,如臀部、胸部、小腿、大腿和腹部等的進化和發育過程中,腳扮演的是主角。

把腳和性聯繫是古今中外的普遍現象

大量史料證明,不僅僅是中國,在世界各國古代經典中都可以發現腳的性功用的描寫。同樣的影響也存在於世界各地的習俗之中,存在於各國的傳說、神話、傳統文化之中。可以說,足與性有着一種緊密的關聯關係。

早在二十世紀九十年代，美國南加州大學的矯正外科系弗雷等人就發現，大多數美國女性都經常穿小鞋，她們正是為了迎合男人喜好腳小一點的女人的口味而已。

　　他們的一項最新研究卻發現，無論在哪個國家，男人的確會對腳小的女性更有好感。加州大學洛杉磯分校人類學家進行了一場跨文化研究，他們對伊朗、印度、坦桑尼亞、立陶宛、巴西、俄羅斯、美國等相當數量的男性進行了一項測試研究，要求他們從五張圖片中選取自己最喜歡和最不喜歡的兩張。

　　這些圖片中的女性除了腳部尺寸有區別之外，其他部分都保持一致。結果發現，腳最小的女性，最被男人喜歡；腳最大的女性，則最不被男人喜歡。研究者在《進化與人類行為》雜誌刊文分析稱，男人喜歡小腳女人，可能是因為小腳跟她們年輕和未曾生育有關。還有，腳小的女人大多身材嬌弱，能激發男性更強的佔有慾和保護慾。

　　人類的腳具有一種自然的性功能，這種性功能對當今各個時代、各個國家的人都產生了顯著的影響。時至今日，腳的性特徵和行走功能仍然在影響人們的日常生活。

　　在意大利的佛羅倫斯、法國的土倫、埃及的亞歷山大等地至今都矗立着古羅馬與埃及諸神的腳紀念碑，這是古人對象徵雄性器官及生育力的人足的一種供奉與頌揚。

　　東歐的許多地區歷來有用腳和生殖器類比的傳統；在斯拉夫語中陰莖就被稱為「第三隻腳」；在古希臘，女神常常被描繪為第二個腳趾比第一個大，這第二個凸出的腳趾，想必使女神除了具有女性特點外，還具有男性生殖器的特殊能力；古印第安人中的擔尼族婦女，在丈夫離家外出時，把留有丈夫腳印的泥土放在自己睡覺的地方，據說她們這樣做能平息丈夫出門在外時的性衝動，以保證丈夫的忠誠。古代羅馬人崇拜埃及的伊西斯女神，他們認為她的腳印是

神聖的，具有使不育的婦女恢復生育能力的神力。

　　古代中國男人對女人的小腳，就像日本男人對女人的長頸，英國男人對女人的細腰，現代美國男人對女人的大乳房一樣，情有獨鍾。而猶太人在談到性器官時常常也用腳來代替。

人類潛意識中的小腳美

　　人類在開發大自然的同時認識了美，也創造了美。這是人類與動物的根本區別之一。

　　無論是中國，還是古代埃及、希臘、印度，或者是兩河、羅馬等等，起源於世界各地的古老文明幾乎都有着自己獨特的姿容、髮型、服飾、飾品等等。每一個文明也有着自己對美的獨特的偏好，比如古印度文明以女子的寬臀微胖為美；古埃及卻以女子的修長苗條為美；希臘人注重控制曲線；羅馬人卻喜歡豐滿健美……但是，各個文明對美的着迷幾乎如出一轍。

　　美，是需要進行人工雕琢的。當人類祖先第一次將狩獵得到的動物羽毛插在頭上，將拾到的漂亮石頭、貝殼串在一起掛在身前，用自然界得來的染料描畫自己的身體的時候，人類追求美、認識美的歷史也由此翻開了新的一頁。美在人類歷史中一直佔據着重要的位置。不同時期、不同地域和文化，會產生千差萬別的評判美的標準。而自從柏拉圖提出「美是甚麼」的千古疑問開始，社會學家、心理學家、哲學家、美學家就一直苦苦追尋着這個問題的答案。在人類歷史上，也曾經有過多次關於美的討論，其中一個最廣泛的結論 ——「美是自然」。但這還不能涵蓋一切，世界是多元的，豐富多彩的生活不可能用一種模式來界定。所以，有很多的美還是需要進行人工雕琢的，這在古今中外概莫

能外。

在人類社會的發展中，很多民族都有類似的感覺：人類天然的雙腳和美之間存在着某種不協調。所以都在用各自不同的方法修飾它、改進它。應該說，中國古代婦女在世界上最先發現了人的雙腳具有很大的可塑性，因而在這個基礎上發明了纏足。纏足使得女性的雙足得以重塑，正是基於這個大膽的嘗試，三寸金蓮應運而生了。

由於三寸金蓮從根本上改變了雙足的基本形態，因而它對人的視覺刺激是巨大的。至少，它也能激發起那些不屑纏足者的好奇心。千餘年來，描寫和讚揚小腳的文字廣泛見於詩歌、小說、戲劇等各種文藝作品中。其中，突出表現的焦點就是讚美一個「小」字，和不由自主地流露出的一個「憐」字。

東漢文學家張衡的「修袖繚繞而滿庭，羅襪躡蹀而容與」；六朝《雙行纏》詩：「新羅繡行纏，足趺如春妍，他人不言好，獨我知可憐」；《花間集》詞：「慢移弓底繡羅鞋」；韓致光的「六寸圓膚光致致」等詩詞句，皆是說女子以小腳為貴的經典。夏侯審《詠被中睡鞋》詩：「雲裏蟾鈎落鳳窩，玉郎沉醉也摩挲。」更是對小腳直白的歌頌。蘇軾的「纖妙說應難，須從掌上看」、辛棄疾的「淡黃弓樣鞋兒小，腰肢只怕風吹倒」等，成為了後人讚美小腳時常常引用的經典詞句。在本書一些章節中都有相近的介紹，在此不再贅述。有一點是毋庸置疑的：儘管許多詩詞歌賦中摻雜了一些色情因素，但卻始終洋溢着作者對美的欣賞與孜孜追求。

「女人最性感的地方不是乳房，不是中胯間，而是那一雙三寸金蓮。」這是纏足風行的年代中國男人的一個共識。我在這裏強調一下，書中有些觀點，可能給人以把個人臆斷強加於前人的感覺，但有一點是無可爭辯的，那就是無論小腳裹得多麼好看，它畢竟是女人整體美的一部分，小腳美的作用只不過是更增強了整體美的效果，古人大概也是出於這種考慮的吧。很難想像，如果穿

着華麗的古代衣裙，下面卻是一雙走起路來驚天動地的大腳板，那該是怎樣的不協調。

三寸金蓮之美並非僅限於「小、瘦、尖、彎」的形態和顫顫巍巍、扶牆摸壁而行的步態，它與當時和諧並存的服式、髮式以及各種動作，表現出一種動態的、美不勝收的整體的意境美。這些都是纏足女子在佳境中的表現，自然是耐人尋味。可以想像得出，就連日常生活中的「纏足、濯足、製履、試履」也一定都具有風情畫一般的美妙。

古人曾說：「守身如纏足，閒足以閒心。」這裏的意思是說，纏足女子還要具備與此相映成趣的一套修養，並用「女紅」來陶冶情操。這樣一來，小腳之美才達到了盡善盡美的境界。

有人說，女人小腳那極富藝術性的構形，影響了千餘年來的幾十代人，它的功績就在於：大大開拓了開發人體美的想像空間。經過了一個極為痛苦歷練而出落的女子小腳，令男子動情是很自然的事情，這或許是許多現代人很難想像而又無法體味的。

三寸金蓮是構成古典美的重要組成部分。但是，歷史是延續的，古典美的許多原則都被現代美的觀念所接受。比如，苗條的身材、纖細的腰肢以及纖小的腳（現在雖然不纏足了，但很多女人仍然以擁有相對小巧的雙足為自豪），這都是現代女子競相追逐的目標。這種意境蘊含着豐富的東方文化的底蘊。

當然，現在我們已經無法見到裹着一雙小腳的妙齡女子了，即便在邊遠的鄉間，還能看到已到垂暮之年的纏足老婦，她們的步態和神韻動作早已失去了昔日的風華，一雙小腳只不過記錄着她們曾經的過往和昔日的風采，但這與三寸金蓮的意境美是毫不相關的。如果想要追尋那樣的意境，我們現在所能做到的，只能是通過歷史照片、繪畫以及現在模仿得維妙維肖的影視劇作來領略其中一二。

當然，反對的聲音自從婦女開始纏足起就相伴相隨，有人說，纏足使女子步履維艱，這是「酷刑」、「致殘」等等。這種貌似公正的言論儘管古已有之，但在新中國誕生之前這種理論並沒有從根本阻擋住纏足的腳步，相反，倒是纏足卻愈來愈普及和發展。究其原因，它是與人們對美的追求息息相關的。

　　舉個例子：人們都很欣賞西方芭蕾的足尖舞，但是有誰會問她們：「你用足跟能走幾步路呢？你能用足跟跑步麼？」因為曾經的三寸金蓮創造了女人兼具的藝術美和生活美，以及讓人賞心悅目的奇妙景觀，所以它才會千餘年來生生不息。小腳唯美，也早已成為了古今中外人類的共識，許多事例證明在激烈反對纏足的人群中，也照樣存在小腳美的潛意識。比如，馮驥才的小說《三寸金蓮》，描寫的是纏足從興盛到衰落這個特定時期的故事。從表面上看，小說的指導思想是否定纏足的，然而在寫到反纏足和勸放足時，似乎通篇看不到小腳有多麼的不好。相反，在寫到纏足、賽腳的時候，卻總是繪聲繪色、線條流暢，把小腳之美活生生地展現在讀者面前。顯然，作家所採用的是明抑暗揚的手法。

　　為甚麼會這樣呢？我想應該是因為中國文壇，長期都在一種思維模式下運行，如果有誰標新立異，就立刻會召來口誅筆伐。現在時代雖然不同了，但否定纏足的意識還佔據着主導地位，為了避免來自各個方面的攻擊，作者不得不採取這樣的手法進行創作。當然，作者還是在很大程度上反映了當時的歷史現實，使人們能較為詳細地了解纏足變遷的實際情況，這倒也是難能可貴的。

　　我們再來看看女革命家秋瑾的故事。秋瑾是中國最早提出反對女子纏足者之一。但恰恰就是在她的內心中，也照樣存在着小腳美的潛意識。她在《踏青記事四首》中有這樣一首詩：女鄰寄到踏青書，來日清明定不虛。妝物隔宵齊打點，鳳頭鞋子繡羅襦。這裏的「鳳頭鞋」就是纏足女子所穿的尖頭弓底的小腳繡鞋。

　　她另一首名為《金縷曲·送季芝女兄赴粵》中這樣寫道：

凄唱《陽關疊》，最傷心渭城風雨，灞陵柳色。正喜閨中酬韻事，同憑欄杆佇月；更訂了同心蘭牒。笑倩踏青攜手處，步蒼苔賭印雙弓跡。幾時料，匆匆別！

羅襟淚漬凝紅血，算幾番愁情恨緒，重重堆積。月滿西樓誰伴我？只有簫聲怨咽；恐夢裏山河猶隔。事到無聊頻轉念，悔當初何苦與君識，萬種情，一枝筆！

其中最精彩的一句是「笑倩踏青攜手處，步蒼苔賭印雙弓跡」。意思是：我們攜手同去春遊，各自在蒼苔上印自己小腳的足跡。流露出了作者對自己小腳印的欣賞。

不輕易示人的隱秘部位

在一千多年的歷史長河中，女人的小腳被男人認為是性感的中心，是女人身體最神秘的部分之一。在纏足盛行的時代，女子對於一雙小腳是十分珍視的。自己倍加呵護的小腳不用說被他人觸摸，即使是偶爾被他人窺見，便如同被人奸淫，受了極大污辱一樣，有的女子因為腳被外人看見或者摸到，為了表明清白，甚至走上絕路。為數不少的婦女，即使同床共枕的丈夫，也不輕易讓其窺到自己的小腳，她們睡覺時都穿着襪子或裹鞋套。在中國古代大量的春宮圖中我們可以看得到，即便在赤身裸體與男子做愛時，她們的小腳都是包裹着的。

再從道德層面上說，纏足在當時被認為是一個良家婦女的基本條件，不纏足的女性不容易嫁出去。纏足作為標示女性特點最重要的一環，也用來強化男女有別的傳統，所以女子對自己的小腳自然是十分珍視的。

讓女人纏小腳以保持貞節

按照通常的說法，女子最能引起男子情慾的地方，並不是裸露在外的部位，而是掩藏的部位，例如隱藏在衣服內的乳房和私處。在纏足風行的年代，男人普遍地認為女子的足小不盈握，惹人憐愛。另外，由於足小，女人走起路來娉娉婷婷、扭扭捏捏，也會使男子浮想聯翩。

那個時代，一方面要求婦女守其貞節，另一方面又不去限制男人的縱慾，纏足則是兩者最好的結合。由於女子被視為男人的附屬品，就要守貞保節。同時，女人作為男人的私屬品，便從頭到腳都要為男人服務，其一切皆為討男子歡心。

裹了小腳就可以使女人不方便行走，這樣就可以防止她與外人過多交往甚至通姦。男子的妻、妾只為自己服務，女性的性關係範圍就被牢牢束縛在家庭內部。即便是男人死了成為寡婦，她們往往仍被束縛在原家族之內，這種規矩在宋代以後就更為顯著。中國多數婦女的性追求因此受到了極大的壓抑。纏足使得女性因行走困難而不易自行外出活動，即使外出也多借助車、馬或轎，根本不存在自由放任的空間，因而，成為了保持女性貞節的最主要手段。

男子性心理的自然驅使

中國古代的男人視三寸金蓮為女人的「性感帶」，對小腳進行撫摸就能讓男女獲得快感。這是因為腳如同陰蒂一樣是極其敏感的地方。腳部又是筋脈彙聚之地，對性有一定的刺激作用。

清代方絢《香蓮品藻》中列舉了香蓮三貴：肥、軟、秀……

風流才子李漁把玩「蓮」對其官能的影響歸納了四點，即刺激聽覺、刺激視覺、刺激觸覺、刺激嗅覺。具體操作又可以分為嗅、吸、舔、咬、吞、食、搔、捏、拈、承、索、脫、剝、換、洗、剪、磨、拭、塗、暖、擁、扶、懸等等，通過這些操作讓男性可以處於性亢奮的狀態。

　　一雙小腳為何竟然可以讓男人如此揣摩？單純從腳本身並不能做出充分解釋，隱蔽在後的應該是一種關係，那就是腳與男子的性心理之間的關係。

　　因此我們可以說，纏足與性存有一定的物質感觀關係，腳在一定程度上可以帶來一些快感，但在中國古代纏足與性關係能發展到上述如此緊密的程度，腳已經成為了一個性器官了。

小腳擔當了性器官的功能

　　由於禮教宗法的種種說教將人們正常的性需求封閉化、神秘化，所以，為了消除性的內在的壓抑，就轉而求其他。尋找一種與性器官相關的替代物，以發洩能量，小腳就很自然的成為對象之一。

　　林語堂說：「纏足自始至終都代表一種性意識的自然存在。」「三寸金蓮」被認為是性器官的外延，並假借聯想與幻覺，注入了更為豐富也更為神秘化的性意識內涵。

　　古代一些文人的說法是，纏小腳不僅使女子的步態更加裊娜妖嬈，還會使男人在白天看來「瘦欲無形，愈看愈生憐惜」、晚上撫摩三寸金蓮則「柔若無骨，愈親愈耐摩撫」。「三寸金蓮」擔當了性器官的功能，成為男性宣洩慾望的工具。小腳美的最高標準也被確定：一肥、二軟、三秀，「且肥軟或可以形求，秀但當以神遇」等等。字裏行間，無不浸透着對小腳異乎尋常的愛慕、艷羨和

崇拜。此外，小腳女人走起路來有風吹欲倒的動感美，搖搖擺擺，晃晃悠悠，可謂姿態萬千，風情萬種。如果再有着楊柳般的細腰，那種感覺簡直動人心魄，令人窒息。想入非非的男子常常以此來獲得性心理的亢奮與滿足。

纏足時代的婦女由於雙腳自幼束縛，未經霜露，裹布層層保護，每日細心浸潤、薰洗，皮膚白嫩細薄，一旦解開重重裹布，組織鬆散，輕軟如絮，一握銷魂……因而成為男人最朝思暮想的事情也就順理成章了。

「五四」前後，被人稱為性學博士的張競生在《采菲錄》中分析說：「因為三寸金蓮難於行走，走動時着力處全在臀部，運動久了，兩條大腿就發達，大腿發達了，生殖系統也隨着而發達。」台灣金蓮專家張慧生也持同樣看法，他解釋說：纏足對女子的身體會產生影響。她搖晃的步態吸引着男人的注意力。裹小腳的女人在行走的時候，她的下半身處於一種緊張狀態，這使她大腿的皮膚和肌肉，還有她的陰道的皮膚和肌肉變得更緊。這種走路的結果是，有着「三寸金蓮」的女人的臀部變大並對男人更具性誘惑力。三寸金蓮改變女人腿部的外形，使它們變得柔軟、渾圓而肉感，女人的腳愈小，她的陰道肌膚就愈美妙。這或許就是中國的男人喜歡小腳女人的原因。

有這樣一句話：女人的腳愈小，其性慾就愈強。據說西方女人穿高跟鞋具有與中國女性裹腳的同樣功效。果真如此的話，西方女性還是比中國女性幸福得多，畢竟穿高跟鞋的感覺比纏小腳要輕鬆舒服得多。

男女調情從摸小腳開始

在本書成書的過程中，我曾經採訪過數位纏足的老人，除了一些纏足的細節、纏足後對日常生活的影響、周圍人們的評價等等外，也曾試圖向她們問一

些敏感的話題，比如：「當年，大爺稀罕你的腳嗎？」有幾個人的回答出奇的一致：怎麼不稀罕？有的甚至直截了當地說：晚上睡覺的時候，就願意摸着你的腳⋯⋯

想像是美感產生的原因。對女人的腳，中國的古人總是給以朦朧的想像，常常以一種霧裏看花的描述再現於文學作品、美術等作品中。女人的小腳帶來的性暗示和性滿足心理，在很大程度上滿足了男人對女人性追求上的期望。

明代風流小說《刁劉氏演義》裏，風流倜儻的王文利用替刁南樓妻子劉氏看病把脈的機會向劉氏調情，也是從腳上下手：「（王氏）立刻即在座上起來，走了過去，在劉氏的側處坐了；劉氏伸出手來，王文用三個指頭搭上去，二人的眼光不由得對看了一看，王文還假作正經的，低頭向下，裝出一副眼觀鼻、鼻觀心的樣子來。那個眼來看到底下，恰卻看到劉氏的裙下，只見露出一雙春勾，真正紅菱一般纖小，不覺銷魂。心中想到：自來名門深閨，這雙腳最是要緊的，從來不肯輕易露出來，現在大姑娘竟把這雙叫人銷魂的小腳露出裙外來，莫非有意拿它給我看嗎？看這樣子這位大姑娘心目中早已許了我，何不待我來試她一試？想罷這個主意，輕輕移動靴尖，在劉氏的腳尖上碰了一碰，只見劉氏的腳暗暗有意朝裏縮，看她的意思，還想誘了去踢她。王文就不老實不客氣，又將靴尖跟着過去，在劉氏的腳尖上碰了一碰，劉氏這回就不將腳尖向後縮，二人的腳尖碰在一起，就各顛了幾顛。這一顛，真顛到了王文的心窩裏，真是又驚又喜，誰知劉氏的腳，竟不再縮回去了。」這次腳下傳情，自此埋下了兩人隨後幽歡的種子。

因為把「三寸金蓮」視為女人性感的象徵，是撩動男人情慾勃發最重要的部位。所以，古代男女之間調情（尤其偷情）時，往往從小腳開始，這種情節在中國古典小說中隨處可見。本書其他章節已有類似的例子，在此不再贅述。

洋人解讀小腳的性功用

十九至二十世紀之交，有位在中國生活行醫三十多年的法國醫生馬蒂格農描繪說：「中國人很喜歡的一些春宮畫中，都能看到男人色迷迷地愛撫女人小腳的情景。當中國男人把女人的一隻小腳把弄在手的時候，小腳對他的催情作用，就像年輕女郎堅挺的胸部使歐洲人春心蕩漾一樣。關於這一話題，所有和我交談過的中國人都異口同聲地回答說：『噢，多麼小巧可愛的三寸金蓮！你們歐洲人無法理解它是多麼精緻，多麼香甜，多麼動人心弦！』」

荷蘭漢學家高羅佩曾做過駐中國外交官，他在欣賞了許多中國古代春宮畫的基礎上，寫了兩本研究中國性文化的書，一本叫《中國古代房內考》，一本叫《秘戲圖考》，在談到女人小腳與男人性慾的關係時他說：「從宋代起，尖尖小腳成了一個美女必須具備的條件之一，並且圍繞小腳逐漸形成了一套研究腳、鞋的特殊學問。女人的小腳開始被視為她身體最隱秘的一部分，最能代表女性，最有性魅力。宋代以及宋以後的春宮畫把女人畫得精赤條條，連陰部都細緻入微，但我從未見過有人畫不包裹腳布的小腳。一個男人觸及女人的腳，依照傳統觀念已是性交的第一步……當一個男子終於得以與自己傾慕的女性促膝相對時，要想摸清女伴的感情，他絕不會以肉體接觸來揣摩對方的情感……如果他發現對方對自己表示親近的話反應良好，他就會故意把一根筷子或一條手帕掉在地上，好在彎腰撿東西的時候去摸對方的腳。這是最後的考驗，如果她並不生氣，那麼求愛就算成功，他可以馬上進行任何肉體接觸，擁抱或接吻等等。男人觸摸女人的乳房或臀部或許還說得過去，會被當作偶然的過失，但如果摸了女人的腳，卻常常會引起最嚴重的麻煩，並且是任何解釋都無濟於事的。」

美國斯坦福大學國際關係學學士、東亞歷史系博士高彥頤，專攻明清社會

史及比較婦女史。現為紐約哥倫比亞大學歷史系教授。她的新作《步步生蓮：繡鞋與纏足文物》中，把雋永雅致的纏腳功用進行了深刻的剖析。她認為，西方人僅僅從生理解剖學角度看待中國婦女纏足現象，實在是缺少品位的表現。

她認為，外國人傻到只會拿機器亂照，不懂中國人靠嗅、靠摸、靠嘗，直接使床帷「性事」達到隱秘濃郁的和諧，他們更無欣賞輕移蓮步後展示出婀娜體態的雅興。女子被摸、被嗅、被品的同時也創造了那床第之歡的愉悅，絕不是一個簡單地被觀看的對象。女性主體就這樣在被摸、被嗅、被賞的狀態下被創造了出來。因此「纏足」之美不僅僅是男人的功勞，至少是與女性合作的結晶，觸摸之美似乎永遠要大於視覺的美感。

史上獨有的金蓮文化

纏足是世界歷史上特有的一種文化現象，纏足與放足的歷史過程本身也透露出中國婦女生活的歷史發展軌跡。

情趣

漢族女子追求身材美感由來已久，古來就有「楚王好細腰，宮中多餓死」的說法，歷朝歷代歌頌美女身材修長、步履輕盈的詩句不勝枚舉。白居易晚年以他自己的兩個小妾名字入詩：「櫻桃樊素口，楊柳小蠻腰。」這裏用楊柳形容女性的身段，將古人欣賞女性身材姣好的審美觀點展現得淋漓盡致，而「楊柳細腰」至今仍是人們對女子津津樂道的讚美。

人們很早就發現腳小的女性走起路來更能搖曳生姿，纏足便成為把腳變

小的最好辦法。五代以前雖然婦女纏足並不普遍，卻有不少歌頌腳小女子的詩歌，女子的嬌弱、步履遲緩、走路的搖曳姿態為人們津津樂道。五代後，纏足之所以普及極快，應該是長期以來人們審美傾向繼續發展的結果。

林語堂先生曾描述過女子纏足後的步態：中國女子的纏足，完全改變了女子的風采和步態，「其作用等於摩登姑娘穿高跟皮鞋，且產生了一種極拘謹纖婉的步態，使整個身軀形成弱不禁風，搖搖欲倒，以產生楚楚可憐的感覺」。

每一個民族都有自己特有的審美情趣，而漢族女子歷來有追求窈窕曼妙身姿的傳統，審美的要求成為女子纏足習俗形成的最初的動因。

在清代，纏足一度成為漢族與少數民族區別的標誌之一。國內有專家在研究清代的族群問題時發現，一般漢族以外的民族，在提到他們與漢族的基本區別時，往往總會以婦女纏不纏足作為基本區別。研究民俗史方面的專家認為，由追求窈窕身材而轉向使身姿「迴旋有凌雲之態」的小腳，進而轉向「高度詭秘的」性心理，其間的運行軌跡是符合人類思維邏輯的。

民俗

纏足，作為一種民俗，並非源於人們生產、生活的必須。在中國的古代民間俗信中，婦女往往被視為萬惡之源，是一種墮落、邪惡的象徵，必須對她們的社會活動與戶外活動加以嚴格的限制。所謂「婦不閒遊，宅肆不相通」就是對婦女外出扎堆閒聊、串門的忌諱。愛串門的女人常被人說閒話，而扎堆閒聊的女人則被指責為不守規矩的。婦女無故不出戶庭、不事耕獲、不閒遊、不行於市，歷來是傳統中國民俗的普遍現象。

《漢書》作者班固的妹妹班昭被譽為漢代婦女的楷模，她所著的《女誡》曾被譽為為人妻女者立身處事的行為準則。其中就有「陰陽殊性，男女異行。

陽以剛為德，陰以柔為用，男以強為貴，女以弱為美」的話。此外，像「黛玉葬花」、「東施效顰」等我們最熟悉的例證，之所以被人們津津樂道，也從另一個側面反映了古代女子追求纖弱為美的傾向。

習俗中所體現的男尊女卑，其核心的價值表現就是「三從四德」。其結果必然是婦女在各個方面的依賴和屈服於男子，行為上的依靠也導致了心理上的自卑。從整個社會來看，視男強女弱為理所當然，女子以弱為美，以弱為榮，婦女一生的幸福與否完全繫於她所嫁的男子身上。傳統的中國婦女只是「糟糠」，是「孩子他媽」、「屋裏的」、「做飯的」、「圍着鍋台轉」、「養兒育女、孝女節婦」的角色。婦女的天職是生育孩子，伺候男人，這就是人們至今仍然崇尚的賢妻良母型婦女。從這裏看，纏足習俗在古代的中國有其滋生的土壤，是非常自然的事情。

《女兒經》說得清楚：「為甚事纏了足，不是好看如弓曲，恐她輕走出房門，千纏萬裹來拘束。」顯然，纏足是內外有別的好辦法，它能將女子幽閉於房中，足不出戶，在家中理家務、做女紅，又避免了外出接觸那些危險的男人，是保持自己的貞潔的最好辦法。

在那樣的社會環境裏男人們總覺得，充滿了誘惑的女子把自己的體態容貌展示出來就是一種誨淫的罪孽了，所以民俗中就有對婦女言行舉止的種種限制。比如，忌諱女子在街頭與不相識的男人搭話，要求女子走路要目不斜視、低頭細步等等。毫無疑問，纏足是一種限制女子行動的極好辦法。父母要女兒纏足，丈夫要求妻子的腳小，是因為社會風俗恥笑大腳，纏足又逐漸從民俗變成了一種社會道德標準。

當然，纏足也滿足了中國男人的審美觀，三寸小腳被賦予了「金蓮」、「香蓮」的美稱，士大夫把它從香氣幽幽的宮中推廣到民間，從達官顯貴的人家波及到下層百姓。腳的大小、美醜成了評品女子的首要標準。如果女子為天足，

母以為恥，夫以為辱，甚至親戚、里黨傳為笑談，女子則因此而每每灰頭土面，自覺形穢。

大量事例證實，在那樣的社會氛圍下，有地位的人家是絕不娶大腳女子的，大腳女子只有嫁給沒有地位和不介意地位名聲的家庭。清末曾任山東莒州知州的福格，在其所著《聽雨叢談》（清代筆記史料叢刊）一書卷七「裹足」中有：「至以足之纖鉅，重於德之美凉。否則母以為恥，夫以為辱，甚至親戚里黨傳為笑談。女子低顏自覺形穢」的話。他還引述黟縣余正燮的話說：腳大則鞋大，腳小則鞋小；鞋小人貴，鞋大人賤，婦人的貴賤以鞋的大小來區分。在這樣的社會標準下哪有不娶小腳媳婦的道理呢？那個時代女人沒有社會地位，也沒有獨立的經濟來源，婚姻是她們的終生歸宿，就是所謂「嫁漢嫁漢，穿衣吃飯」。

婚姻如此重要，婚姻又與腳有如此密切的聯繫，女兒家怎能不重視腳呢？在男女家長為其談婚論嫁時，女子腳的大小即纏沒纏足是第一個條件，然後才能測八字送聘禮。那時候，無論何種場合看女人，不仰觀容顏雲鬢，先俯察裙下。在婦女出嫁當天，其母親告訴她，上轎前提一下裙子，讓吹鼓手看見小腳，他們會吹得又響又亮。待下轎時人們又要看腳，全村人都來與其說看媳婦，不如說是來看小腳的。看見新媳婦腳小，人們立刻說，瞧這媳婦多好，腳小，長得周正。大腳媳婦，或者腳大一點達不到公認標準的，定會遭人嘆息和背後的議論恥笑。因此，纏腳只是暫時的疼痛，比起將來在人前有光，不受氣又算得了甚麼。所以，再疼也得纏。

纏纏放放

纏足從產生時起，就始終伴隨着反對的聲音。尤其明、清、民國時期官府（也有軍閥、地方豪紳等）常常出手禁止。然而，在 1949 年之前，都沒有形成

完備的制度體系，很多時候也就是迎合一下形勢，或者趕趕時髦而已。

1929年，胡也頻（革命作家、「左聯」烈士，丁玲的丈夫）根據自己朋友的真實情況，撰寫了題為《小縣城中的兩個婦人》的小說，刊登在《東方雜誌》上。故事描寫兩名三十多歲的婦人，互相吐露她們被丈夫遺棄的苦悶和憤懣。小說中，作者並未交代這對朋友的名字，其實，她們擁有一個共同的身份：現代社會裏的舊式小腳婦女。在小年夜這個慶賀一家團聚、迎接新年新希望的日子裏，兩名意興闌珊的婦人借酒消愁，結果自然是愁上加愁。

圓臉婦人回想起十幾年前的洞房花燭夜，她的丈夫昵稱她為「皇后」，又十分迷戀她那雙纏得又窄又小的腳。然而，自從丈夫遠赴京城進入大學唸書，他的心思就變了，還寄來許多京城現代女子的相片，勸說她改變自己的樣子。為了討得丈夫的歡心，她熬了三個夜晚，硬是把她那雙「纏得像瓷器般的小腳」給鬆開，泡在冷水裏，期盼能把腳放大。她還按照丈夫的意見，把束縛胸部的傳統小背心扔掉了，「大膽地把兩隻乳房的形狀顯露在外衣上」。

這則故事強調了讓腳恢復到當初的模樣，是近乎不可能完成的任務。儘管百般努力，丈夫還是拋棄了她，跟一名時髦女子自由戀愛結婚。後來聽說他已當上國立大學的教授，又進了政府，得了某個委員會的肥缺，然後還生了個兒子，做了父親。她想像：他「已經留着很尊嚴的八字鬍子了」。——這個負心的丈夫，是一個完美的現代男人，不但有學識，有政治地位，而且還有子嗣，一切都呼應了傳統小說中飛黃騰達的才子形象。但是，不像小說裏說的苦盡甘來的佳人，她的早年犧牲並未為她掙得尊榮，換來的只有區區每月三十元的贍養費。

她的朋友，就是故事裏的長臉婦人，境遇也好不到哪去。她同樣度過了三年美滿的婚姻。事實上，正是因為真摯的情愛，她才鼓勵丈夫遠行讀書。然而，「使丈夫上進竟等於她自己的沒落」：臨別的那個夜晚，她的身體正犯風寒，但是男人瘋狂般地慾求是如此強烈，她讓他「做了五次的滿足」。這是「一

生中永不會忘的污濁的記憶」，不斷地吞噬着她的心靈。她的犧牲表現在她的身體 —— 性的順從，先是纏腳，然後又盡量滿足他的性索求。甚至遭到丈夫背棄之後，也仍繼續犧牲，笨拙地想把腳放大，企圖挽回丈夫的心。只不過，不論是薄幸的男人，還是她自己的身體，都無法讓她稱心如意。多年來，她想盡法子放大她的腳，但它們「雖然放大了，卻放得不像冬筍又不像蘿蔔」。喝着悶酒的這對朋友，終於醉了，長臉婦人流下大顆的眼淚，圓臉婦人在聲聲嘆氣中，斷斷續續地喃喃自語：「甚麼都容易呵，只是腳沒有辦法……」

在這篇小說裏，相當重要的一點是，婦女視之為自我犧牲的舉動，包括為了取悅男人而獻身或改變外形，在作者看來，其實都是男性的侵略行徑：這不只是指離別前夕瘋狂般地性需索，還指三年婚姻歲月裏「足足三年的如漆如膠的恩愛」—— 發生過「多到不能記清」的這種「不幸的、骯髒的事」。於是，這對夫妻之間頻繁的性行為，透過作者的描寫，成為了一樁樁近乎強暴的污穢醜事。這番對於「性」的僵化解讀，表面上是對女性受害者寄予同情，其實更令人目瞪口呆，因為它完全排除了女性從性生活中獲得愉悅感的可能性。即使在「如漆如膠」的脈絡下亦然 —— 儘管這段「恩愛」婚姻的短暫，短暫如朝露。於是，不論她曾有過甚麼樣的愉悅，自從丈夫背叛之後，一切都已不復記憶。

醫藥用品也派上了用場

「五四」前後，被人戲稱為「性學博士」的張競生曾經分析說：因為三寸金蓮難於行走，走動時着力處全在臀部，運動久了兩條大腿就發達，大腿發達了，生殖系統也隨之而發達。另外，從生理上來講，扭胯扭得靈活，生孩子容易，難產的機會就低得多，此說也有一定的科學道理。與此相似的是，還有醫學專家的一些研究表明，古代女性比男性長壽，與纏足有顯著關係。他們認

為，纏足後，腳趾彎曲在腳底，前腳掌不能着地，走路時主要用腳跟。這樣，只要走路就會刺激腳後跟的腎經穴位，而中醫認為，人的衰老的主要原因就是腎氣虛衰。

在纏足風行的年代，涉及纏足的行當無奇不有，還有人研究出了各式纏足藥。在實踐中人們發現，單靠白礬來收濕消毒效果並不太理想，好的纏足藥應該還能使堅硬的腳骨軟化，這聽來有些不可思議，但也許確有奇效。

另外，古人創造了大量的「瘦金蓮方」「妙蓮散」等，如：

1．鳳仙花連根一並捶爛，煎湯常洗之，腳亦柔軟，不受痛苦。

2．桑白皮、杏仁、猴骨末各三錢，乳香、皮硝各五錢，鳳仙花全棵，煎湯先薰後洗。此方在緊纏足中不甚痛苦時使用。

3．足纏小後軟弱難行，用生明礬一兩，紫銅末一兩，陰陽水各一大碗煎湯薰洗，洗後腳硬如舊，即使放開裹腳布也不易變大。

1　明代金蓮傳情圖之一。
2　明代金蓮傳情圖之二。
3　清代金蓮傳情圖之一。
4　清代金蓮傳情圖之二。
5　清代金蓮傳情圖之三。

1 清代金蓮傳情圖之四。
2 清代金蓮傳情圖之五。
3 清代金蓮傳情圖之六。
4 清末畫報登載之滿族婦女欣賞漢人婦女小腳弓鞋的
　情景。
5 清末畫報登載之漢族婦女窺視其他纏足婦女小腳的
　神情，反映了漢族纏足婦女之間在纏足方面相互攀
　比的情況。

近現代社會的禁纏足運動

綜觀歷史，最初崇尚纏足的大都是文人雅士，後來呼籲禁纏足和放足的依然是他們。

如清代著名詩人、散文家袁枚，有人說他好色而不好弓足，他曾明確反對把纏足作為美女的標準。有個有關他的故事，說的是杭州有個叫趙鈞台的人到蘇州買妾，媒人給他推薦了一位李姓女子，貌絕佳，但趙鈞台嫌這女孩是大腳。媒人說這女子能寫詩，趙就以弓鞋為題當即叫讓女子寫詩。

女子寫道：「三寸弓鞋自古無，觀音大士赤雙趺。不知裹足從何起，起自人間賤丈夫。」趙鈞台讀了詩後也感到慚愧。袁枚聽說了此事，感嘆說此人非真好色，並專門寫信給趙鈞台說：「人的眉目髮膚，是先天的，而小腳只不過是後天纏出來的。女子最貴姿態姣好，而不是纏足後站都站不穩，如果是纏了個三寸的小腳而縮頸粗腰，你能指望其凌波微步，姍姍來遲嗎？」

史上儘管不斷有仁人志士以各種形式呼籲禁止纏足，但真正形成較大規模的呼聲和運動的，應當是清朝以後的事情了。當初，清政府對破除纏足風俗的努力的出發點，當然只是想改變漢族習俗，而不在於解放或提高婦女地位，但在強大的漢族習慣面前，他們的努力顯得十分蒼白無力。不僅如此，漢族的習慣也影響到了旗人。晚清時，在太平天國以及其他危機空前嚴重的情況下，新生的中國民族資產階級走上政治舞台，發起並參與了反纏足運動。它實際上是以反纏足為切入點的一次思想解放運動，真正意義上的廢止纏足在這一時期還遠沒有到來，但這種強調婦女是中國重要的一部分、平等對待婦女的思想開始深入人心。正是因為有了這個基礎，民國以後纏足現象才逐漸在城市中率先瓦解。而真正意義上實現的禁纏、放足，則是在土改和民主運動中，或者到新中國成立後才得到實現的。

清政府反對婦女纏足

清統一中國之初，滿人並不認同漢人的習俗，尤其對於纏足，更是十分反感。順治十七年（1660），清廷發文稱：「有纏足者，罪其父或夫、杖八十，流三千里。」康熙三年（1664），又明文規定禁止女子纏足，「凡違者均要枷責流徙，十家之長及鄉里長官皆要治罪」。因纏足這一習俗在漢人中早已根深蒂固，這一規定實際並未執行。康熙七年（1668），禮部奏請廢除纏足禁令，纏足之風又公開合法流行。

纏足到清朝時已流行千餘年，積習所致，也不是一時一令所能廢止的。對於漢族民眾來說，欣賞纏足，其重要性是不言而喻的。清政府也十分清楚，如果嚴禁纏足，則很容易激起漢族民眾的敵對和反抗。光緒二十七年（1901），慈禧太后壽誕時，曾頒懿旨：「漢人婦女率多纏足，行之已久，有傷造物之和，嗣後縉紳之家，務當婉切勸導，使之家喻戶曉，以期漸除積習。不准官吏胥役借詞禁令，擾累民間。如遴選秀女仍由旗人挑取，不得採及漢人以示限制。」這樣一道諭旨，與其說是一種命令，不如說是一種溫和的勸慰。當時響應的也僅僅局限於大中城市和上層社會，其他地區並沒有多少行動。

清朝末年，在義和團運動失敗、民族危機空前嚴重的背景下，清政府相繼頒佈的新政包括了改革官制、兵制、學制和獎勵工商，以及禁鴉片、禁纏足、廢酷刑和允許滿漢通婚等各方面的內容。這一時期的不纏足運動，再一次公開宣佈，不纏足是政府支持的，合理合法的活動，使各地不纏足運動有了進一步的發展，逐漸成為一種社會風氣。在官方的推動下，不纏足的宣傳開始深入到鄉村，不纏足的人數也大大增加了。不纏足運動的聲勢、規模愈來愈大了。

光緒二十八年（1902）2月1日，慈禧太后實行新政，頒佈勸誡纏足的上諭，並將不纏足的要求寫進清政府頒佈的女子學堂章程。清政府這一態度，大

大減少了不纏足運動的阻力。

　　光緒二十九年（1903），湖廣總督端方和湖南巡撫趙爾巽頒佈「禁止纏足」的示諭，由於官府的積極倡導，湖南不纏足運動開始復興。再看四川的一個例子：四月初八這天，在成都文殊院成立的放足會，為我們提供了不纏足會成立時的一些生動場景。這一天坐轎來的放足太太有百餘人，「都是在會期前做了一雙放足鞋，把足納入鞋中塞緊，宣佈開會時，有幾個政府男職員把報上宣傳放足的文章讀了一遍，就宣佈成立了放足會，會就散了」。

　　宣統二年（1910），湖南諮議局頒發《禁止婦女纏足章程》，規定以一年為限，在省內一律禁止纏足。凡十二歲以下幼女與十二歲以上婦女未經纏足者，即不准再纏足；已纏足筋骨既損者，必須漸次解放。辦法是：（一）廣佈禁止婦女纏足的告示；（二）各級官員士紳、學堂教職員、各族首以身作則，以家中婦女首先遵辦；（三）對不放足者逐戶登記造 ，以處罰款，平民之家每人每年罰銅元四十枚。經規勸翌年仍未放足者，每年按百分之五十罰金遞增加罰，各地方官員勸諭不纏足成績顯著者，給予獎勵，不力者給予記過；（四）禁止賣弓鞋，違者議罰。

　　1905 年 1 月 10 日，天足會在上海議事廳舉行會議，與會者不下八百人，3月 25 日，召開天足會年會，來賓「摩肩接踵」「後至者乃無隙地」。1905 年，僅天足會從上海、成都、西安發放的宣傳品，即達十萬餘 。這時期不纏足運動的成果也頗為顯著。「閩粵縉紳之家，婦女不纏足者，十已七八。」廣州「放足者十有八九」。山東濰縣，「放足者不下千人」。這些數字儘管可能不一定準確，但女子相繼放足的大局面確實在一些地區出現了。一些督撫大員，也以不纏足的積極倡導者自居。四川總督岑春煊刊印《不纏足官話淺說》五萬本。直隸總督袁世凱、湖廣總督端方親自撰文勸誡纏足。至 1904 年，大部分省貼出戒纏足告示。一些官員還令自己的妻女親屬率先放足。

清統治者儘管多次下令禁止纏足，但遭到漢族士人的强烈抵制，在民族矛盾尖銳的情況下，干預漢人家庭內部事務，引起漢人的反感是理所當然的。所謂「男從女不從」，就是這個道理。所以，清代男人的頭剃了，女子的纏足卻始終並未放開。

　　足雖未放，但清統治者反對或至少是不提倡纏足卻是明確的。這使反對纏足者有恃無恐，放膽直言。最激烈的反對之聲甚至把纏足與國家强弱與興亡聯繫起來。清人錢泳在《履園叢話》中列舉了歷代裹足的王朝為不裹足的王朝所取代的史實後說：「蓋婦女裹足，則兩儀不完，兩儀不完，所生男女必柔弱，男女一柔弱，而萬事隳矣。」梁啓超也論道：「且中國之積弱，至今日極矣，欲强國本，必儲人才，欲植人才，必開幼學，欲端幼學，必禀母儀，欲正母儀，必由女教，人生六七年，入學之時也，今不務所以教之，而務所以刑戮之，倡優之，是率中國四萬萬之半，而納諸罪人賤役之林，安所往而不為人弱也！」這裏已經把婦女纏足的危害，上升到了國家興亡與强弱的高度來認識。

太平天國曾經禁止婦女纏足

　　太平天國曾大力倡導禁止婦女纏足。太平軍成員都來自於纏足之風不太流行的兩廣，從推翻大清王朝這一實踐活動的需求出發，他們也確實採取了很多禁止纏足的行動。太平軍起義初期，吸收了不少「赤足裹頭」的勞動婦女。打到湖北後，婦女人數增加，又採取了「悉迫令解足」的措施。每到一地，太平軍允許女子參軍、參戰、參加科考，任命了相當一批女官，並嚴禁娼妓、買賣奴婢及纏足。正如天王洪秀全的族弟，曾在香港居住多年，1859 年到天京（即南京），獲封為軍師、幹王，一度總理朝政的洪仁玕在《資政新篇》中所說：「女

子纏足⋯⋯皆小人驕奢之習，理當禁止。」

在《資政新篇》中還有對於適齡婦女纏足者，給予嚴厲懲罰的一些規定。嚴酷的刑法取得了一定的成效，太平軍所到之處，纏足婦女戰戰兢兢，很多欲給女兒纏足的家長也打消了想法。太平軍起義後出生的女子大多都是天足。

曾在香港英軍服役，十分同情太平天國運動的英國人呤唎，1886 年在倫敦出版了一本叫做《太平天國革命親歷記》的書，書中對太平天國嚴禁婦女纏足給予高度評價。書中說：「婦女擺脫了纏足習俗，男子擺脫了垂辮的奴隸標記，這是太平天國最顯著、最富有特色的兩大改變，使他們的外貌大為改善。」書中還寫道：「戰時俘虜的太平天國婦女非常美麗，和其他婦女成鮮明對照，這大概就是太平天國婦女都是天足的緣故。中國婦女的天足十分好看、自然也極為優美。」

清代張德堅所著主要描述太平天國情形的《賊情匯纂》有這樣一段記載：「賊婆皆粵西溪峒村媼，赤足健步，無異男子，初至江寧，即傳偽令婦女不准纏足，違者斬首。」還有「偽女官皆大腳蠻婆，入人家逼婦女歸館，每館二十五，名立一牌長監之」、「賊婆皆赤足泥腿，滿街挑抬物件」。

太平天國定都天京後，在天京設立了許多「女館」。「女館」強制收容佔領地的婦女，她們入館後，首先要做的事就是強制解除纏腳布，太平天國之所以嚴厲地禁止纏腳，是因為當時太平軍與清軍緊張對峙，強壯一點的人力已全部投入到南京的防衛中，京城內的後勤工作需要大量的勞動力，而十幾萬的女館婦女可充當勞力。然而，對於江南女子來說，纏足是女性自然的事情，纏足也是風氣，雖然她們備受纏足之苦，一旦要她們去掉纏腳布卻又是極其困難的事。太平天國禁纏足令下達後，仍有很多婦女不肯去掉腳纏，因此，便有了「夜間女百長逐一查看，有未去腳纏者，輕則責打，重則斬腳」的描述。在種種高壓政策下，江南的婦女解開了纏腳布，隨後開始用自己解放的腳站了起來。

雖然這種解放包含着痛苦和淚水，雖然這種解放僅是曇花一現，但由太平天國婦女所帶來的這種新的風尚卻讓婦女看到了希望，也為幾十年之後，轟轟烈烈的不纏足運動的開展打下了基礎。

戊戌變法時期的禁纏足運動

1882 年，北上趕考的康有為路過上海時購買了大量「西學」書報，《萬國公報》中有關纏足的文章使他深受啓發，回鄉後即開始宣傳戒纏足活動。1895 年，一位英商之妻立德夫人聯合一些在華的西方婦女在上海設立「天足會」，並很快就發展成為一個在各地建立分會的全國性團體。「天足會」鼓勵中國婦女參加，並且在成立初就明定宗旨希望今後能由中國人辦理，並決定待中國風氣開化後，西方人將退出。「天足會」的成立使華人社會深受震動，對清末的不纏足運動起了推動作用。

1896 年，維新運動正在興起，國人開始對「新學」產生濃厚興趣，成立了大量研習新學的社團，其中有人衝破巨大障礙，在廣東、四川個別地方成立戒纏足會。雖然人數很少，但表明了中國人在婦女解放問題上的覺醒。1897 年春，梁啓超、譚嗣同等維新人士發起成立上海不纏足會，宣佈以上海為全國的總會，號召各地成立分會；風行一時的維新派報紙《時務報》也刊登一些戒纏足的文章。從此，不纏足運動迅速向南方各省擴展，短短時間各地成立了幾十個戒纏足的團體。但引人注意的是，這期間長江以北地區只有天津有西方人辦的「天足會」分會，而沒有中國人自己創辦的不纏足會，陝西的維新人士曾試圖辦不纏足會，卻因守舊勢力過於強大而失敗。由此可見，當時中國北方的社會風氣要比南方保守得多。為了影響平民大眾，各地不纏足會編了大量通俗易

懂的歌謠，如：「小腳婦，誰家女，裙底弓鞋三寸許。下輕上重怕風吹，一步艱難如萬里。」「五歲六歲才勝衣，阿娘做履命纏足。指兒尖尖腰兒曲，號天叫地娘不聞，宵宵痛楚五更哭」等等。他們還特別強調放足對於強國保種的重要意義：「蓋放足者獨立之起點，強種之根源。我既體育發達，則登高山渡大海，無不如志，筋力與男子無異。則可以努力讀書，振起愛國之精神，可以練習體操，強全身之筋骨，可以產健強之子女，可以挽祖國之危亡。」而他們之所以要「結為團體」，因為從總體上說無論南北，不纏足都面臨着巨大的社會壓力，而少數人結成團體可以抵抗住強大的社會壓力。更重要的是，這些不纏足會的章程大都規定不娶纏足婦，以保證自家不纏足的女兒嫁得出去（當時大腳婦女很難嫁出去）。

不纏足運動是戊戌變法極為重要的組成部分。然而維新派在不纏足運動中存在明顯的局限性。以康有為、梁啓超為代表的資產階級維新派為了變法圖強，宣傳西方民主、自由思想，第一次掀起不纏足運動，目的是爭取解放女性。但這次不纏足運動並沒有從根本上鏟除纏足的習俗。

從範圍來看，當時不纏足運動的主要組織形式是不纏足會，而在那些沒有成立不纏足會的地方，不纏足運動沒有得到開展。即使成立了不纏足會的地方也是沒有得到充分的展開。戊戌時期，各地共成立不纏足團體僅二十幾個，影響並未波及全國。而且，不纏足運動多在城市的上層社會展開，只有部分地區深入鄉村民眾之中。女校也是維新派進行不纏足運動的一大陣地。女校規定在校學生必須是天足，如果已經纏足則必須放纏。然而隨着戊戌變法的失敗，各地興起的女學堂受到頑固派以及其他方面的抵制。1900 年，大多數女學堂被迫終止。因而從範圍上來說不纏足運動並沒有在全國展開，很多地方只是「雷聲大雨點小」，而且即使在某個地區開展了也是極不協調的，甚至許多地方還沒有展開就銷聲匿跡了。

從區域來看,戊戌時期的不纏足運動主要分佈在兩個地區:(一)廣東至江蘇的東南沿海地區;(二)從上海到四川的長江流域數省。這一時期的不纏足運動最早在廣東四川興起,然後在湖南、上海、福建、江蘇、澳門、陝西等地開始傳播。然而在長江流域其他各省如湖北、江西、安徽、浙江等地並未發生較有影響的不纏足運動。長江流域以北的廣大地區,不纏足運動並未展開。

從層次來看,維新派的宣傳活動主要在士大夫階層展開。維新人士把報紙作為輿論宣傳陣地,在《時務報》、《湘報》、《女學報》等報刊上,大力倡導婦女禁纏放足。康有為從男女平等入手,指出纏足的弊端。嚴復、譚嗣同把纏足與民族危亡聯繫起來進行批判。梁啟超、唐才常從興女學方面論述,把禁纏放足視為提高女子社會地位的先決條件。他們的宣傳使士大夫、知識分子覺醒,而對於廣大下層群眾,並沒有進行詳細的理論講解。

從實際效果來看,戊戌時期的不纏足運動並未從根本上鏟除這一習俗。1898 年 8 月 13 日,康有為向光緒皇帝上奏 ——《請禁婦女裹足摺》,上面康有為詳細列舉纏足的痛苦,並以此為中國的恥辱。維新派的積極主張和行動被光緒帝採納,並於同日發出諭旨:「命各省督撫勸誘禁止婦女纏足。」然而諭旨發出沒多久,維新變法即告失敗。這一時期的不纏足運動也宣告終結。

民國初期的反纏足運動

辛亥革命推翻了清王朝,為掃除舊的習俗提供了良好的政治條件,而廢除纏足應當是一個重要舉措。

1911 年 10 月 19 日,也就是辛亥革命成功後的第九天,湖北軍政府即發佈婦女放足通告。孫中山就任臨時大總統後,即於 1912 年 3 月 13 日發佈禁纏足

文告：

> 纏足之俗，由來殆不可考。起於一二好尚之偏，終致滔滔莫易之烈。惡習流傳，歷千百歲。害家凶國，莫此為甚。將欲圖國力之堅強，必先圖國民體力之發達。至纏足一事，殘毀肢體，阻淤血脉，害雖加於一人，病實施於萬姓，生理所證，豈得雲証？至因纏足之故，動作竭蹶，深居簡出，教育莫施，世事罔聞，遑能獨立謀生，共服事務？以上二者，特其大端，若他弊害，更仆難數。曩者志士仁人，嘗有天足會之設，開通者已見解除，固陋者猶執成見。當此除舊佈新之際，此等惡俗，尤宜先事革除，以培國本。為此令仰該部，速行通飭各省，一體勸禁。其有故違禁令者，予其家屬以相當之罰。切切此令。

孫中山一紙禁令頒佈後，僅山東、山西、河南、雲南等省將禁止纏足列為社會改革的要項，而其他省區並無具體措施。

北洋政府時代，儘管世事混亂，政權更迭頻繁，禁止纏足的努力並未停止，綏遠、江蘇等省份還頒發了政府通令，許多地區的政府依舊大力倡導禁纏運動。

南京政府成立後，在全國普遍開展禁纏運動。1928 年 3 月，廣東各界婦女召開慶祝三八大會，會上提出了嚴懲婦女纏足議案。內政部據此擬定了「禁止婦女纏足條例草案十六條」，後經國民政府批准正式頒佈。

1928 年 7 月，國民政府舉行「戶政調查」，調查表中有「纏足」一項，令各縣市詳細調查，以作為勸禁纏足的考評準則。

1928 年 11 月，內政部又令各省民政廳進行風俗調查，着重關注婦女纏足問題。

1936 年，內政部發現各地纏足問題並沒有禁絕，又下令各省徹底查禁。

從上述事項中，應該說當時的國民政府對「禁止纏足」運動還是相當重視的，直到抗日戰爭爆發，也沒有中止。1940 年，即使在抗日戰爭最艱苦的歲月，內務部還做出決定：「對未滿十六歲之女子施以纏足，妨礙其自然發育者，應依刑法二八六條第一項判處家長傷害罪，處五年以下有期徒刑，或五百元以下罰款。」這項法令，使禁止纏足運動有了法律依據。

在中國近代去除纏足習俗的漫漫征程中，滿清政府與南京政府雖為性質完全不同的兩個政權，但反對纏足的基本態度是一致的。正是當局的嚴政和倡導，才使中國逐步開啓了「天足興，纖足滅」的局面。

纏足現象的徹底終止

1950 年 7 月 15 日，中華人民共和國人民政府政務院下達了關於禁止婦女纏足的命令，命令中說：查我們尚有一部分婦女仍存在有纏足的現象，這是封建社會對婦女的壓迫，且有害於婦女健康，妨礙婦女參加生產，必須加以禁止。

命令頒佈之後，全國大多數年輕女子停止纏足，中老年婦女也紛紛放足，扔掉了裹腳布，纏足現象終於逐漸消失。

到了 1958 年，全國農村中絕大多數的適齡婦女走出家門參加勞動。她們的生產生活方式，逐漸從家裏的鍋台轉入田間，和男人幹着同樣的活兒。婦女生產生活方式的改變，使纏足婦女真正意識到：「時代不同了，男女都一樣。」實際上，中國婦女一千多年的纏足史，應該是在二十世紀五十年代末期才被徹底禁絕。

1 青島民國初年小腳女子。
2 民初青島青年女子。
3 民初青島女樂師。
4 民初母子照。
5 民初年間一對三寸金蓮婦女。

1　祖孫三代家庭照。（台灣柯基生藏）
2　民初母子合影。
3　民國纏足婦女與她們的子孫合影。
　（台灣柯基生藏）
4　上海祖孫三代合影。（台灣柯基生藏）

1 民初台灣着高底弓鞋的女子。（台灣柯基生藏）
2 民初一襲素衣裝扮的中年婦女。
3 民國年間祖孫室外行走的老照片。
　（美國大學圖書館藏）
4 民初台灣淡水老年放腳婦女。（台灣柯基生藏）
5 民國年間穿棉袍外掛項鍊的中年婦女。

1　一位吳姓女子拆下裹腳布後的留影。（台灣
　　柯基生藏）
2　民國年間山西纏足女孩。
3　民國年間全家福。（台灣柯基生藏）
4　1937 年，小腳女人與兒子、兒媳。
　　（台灣柯基生藏）

附錄：纏足的趣事傳說

　　史上第一個纏足的女人到底是誰？現代的人們不可能得出一致的結論，而在民間卻有自己的說法，這裏列舉一些有趣的故事傳說。

步步蓮花的潘玉兒

　　「金蓮」一詞的來歷甚多，其中一個說法要追溯到南齊時的潘貴妃潘玉兒。潘玉兒其實並不姓潘而是姓俞，父親俞寶慶是一小商販，對舞文弄墨一竅不通，起初給女兒起名妮子。俞妮子小時家境貧寒，經常去市集幫父親擺攤賣貨。自從母親做了太子的幾年奶媽後，家境日益好轉，俞妮子也日漸出落得宛若仙子，俞寶慶便吩咐俞妮子不要再到市集上拋頭露面。

　　十四五歲時的俞妮子，明眸皓齒，腰如束素；肌膚潔白如雪、晶瑩如玉。她既不喜歡女紅，也不喜歡讀書，只是整天趴在樓上羨慕地觀看來來往往的人群。

　　南齊建武五年（498），皇帝駕崩，十六歲的太子蕭寶卷繼位。蕭寶卷從小就不學無術，整天在宮中以掏耗子窩捉耗子為樂。他有口吃的毛病，不喜歡聽朝臣嘮嘮叨叨，整天和小太監、侍衛混在一起玩耍。

　　蕭寶卷從小經常聽奶媽誇獎俞妮子貌美如花、明眸皓齒，是個小美人，每次他都聽得心旌搖曳，想入非非。現在自己做了皇帝，自然想看個究竟，以圓小

時的夢想。不久他就把俞妮子接進宮裏，只見俞妮子臉似含花，艷斂蕊中未吐；髮綰烏雲，梳影覆額垂肩；肌如白雪，粉光映頰凝腮；肢體輕盈，行走如弱柳扶風……蕭寶卷直看得目瞪口呆，魂飛天外，很是喜歡，很快俞妮子就成了貴妃。

蕭寶卷小時候聽母親講過宋文帝劉義隆和潘淑妃的故事：宋文帝劉義隆（407-453）的後宮美女如雲，佳麗眾多，他仿效晉武帝司馬炎乘坐羊拉的小車在宮苑裏穿行。其中有位姓潘的淑妃膚如凝脂白玉，映月生輝，她聰穎異常，密令宮女以鹽水撒地，每次羊經過潘淑妃的房門都會舐地不前。劉義隆認為這是天意，潘淑妃於是獲得了劉義隆的寵幸。劉義隆採納潘淑妃的建議，將國家治理得井井有條，在位三十年，國家興盛，百姓富足，史稱「元嘉之治」。蕭寶卷很是羨慕，改俞妮子為潘妮子。姓是改了，可妮子二字實在不雅，見她肌膚晶瑩如玉，於是就叫她玉兒。

千嬌百媚的潘玉兒讓蕭寶卷魂不守舍，尤其她的那雙柔若無骨、狀如春筍的小腳，令蕭寶卷如癡如醉。蕭寶卷閒暇時便撫摸、揉搓、深嗅，甚至親吻、啃咬潘玉兒的小腳，每次都感覺神清氣爽，十分快活。他命令工匠打製純金的蓮花鋪在地上，然後讓潘玉兒裸腳在上面行走、跳舞，蕭寶卷驚嘆說：「真是步步蓮花啊！」有人說「金蓮」一詞自此得來。

潘玉兒第一次被蕭寶卷撫摸、親吻小腳，羞得臉色通紅，又癢得咯咯嬌笑，時間一久對蕭寶卷的行動就習以為常了。皇宮內戒備森嚴，宮女太監連大氣都不敢出，寂靜得可怕。宮廷乏味沉寂的生活和自己以往熟悉的喧鬧市集生活差得實在太遠，潘玉兒悶悶不樂。

見佳人蹙眉，蕭寶卷慌了手腳，待問明原委後，啞然失笑，他馬上令人在皇宮後花園開了一個市集。市集上小攤眾多，擺滿日用百貨等雜物，蕭寶卷和宮女、太監一起裝扮成商販站在攤前高聲吆喝；潘玉兒穿行其中，快樂無比。

皇帝、貴妃亂折騰瞎胡鬧，輔政大臣忍無可忍，於是商量廢黜皇帝。可在

接班人的問題上矛盾四起，內訌不斷。蕭寶卷的親舅舅向外甥告密，蕭寶卷勃然大怒。六位輔政大臣的腦袋接二連三地被割掉。對舅舅、表叔（父親的表兄弟）、堂哥們也沒有手軟，蕭寶卷很快就拿弟弟和其他功臣開刀。

多行不義必自斃。蕭寶卷賜毒藥給大功臣蕭懿，後者痛心地說：「我弟弟蕭衍現在襄陽，我深深地為朝廷憂慮擔心。」果然，蕭衍聽說兄長被殺，肝膽俱裂，憤而從襄陽起兵，所到之處，響應者雲集。由於蕭寶卷大肆地誅戮功臣武將，人人自危，於是紛紛投降蕭衍。京城被圍，城內的叛兵將蕭寶卷殺死。潘玉兒這位絕色佳人被蕭衍當作戰利品，賞賜給將軍田安啓。

田府內，張燈結綵，處處歡聲笑語。紅燭下，滿身大紅的潘玉兒面如梨花帶雨，淚濕衣襟。大廳內，賓客們舉杯祝賀田將軍得到絕色佳人，紛紛央求一睹國色。

然而，當醉醺醺的客人來到潘妃的房間時卻個個呆若木雞：只見新房中佳人高掛房樑，已經氣絕身亡。死後的玉兒仍然顏色如生，光彩照人。

宋人毛熙震有《臨記仙》詞，嘆述道：「南齊天子寵嬋娟，六宮羅綺三千。潘妃嬌艷獨芳妍。椒房蘭洞，雲風降神仙。縱態迷觀心不足，風流可惜當年。纖腰婉婉步金蓮。妖君傾國，猶自至今傳。」

潘玉兒和無數紅顏成為了王朝更迭的替罪羔羊。

吳月娘刺殺隋煬帝

隋煬帝楊廣是歷代封建統治者中一個十分荒淫的帝王。

有一次，他乘船從運河到南方去遊玩，不用劃槳搖櫓的船夫，而是到各地選了一百個長得漂亮的年輕姑娘，穿戴艷麗的服飾，為他拉縴。運河邊一個

村子裏住着一個姓吳的鐵匠，叫吳老大，他有個女兒叫吳月娘，年方十六歲，不但品貌出眾，而且勤勞能幹。父女倆以打鐵為生，這天，吳月娘正幫父親幹活，突然幾個差人和一個大肚子欽差闖進來。欽差看了看月娘，一眼就相中了，留下十兩紋銀，吩咐月娘買些衣物打扮打扮，三日後前去拉船。

欽差剛一出門，吳月娘便撲在父親懷裏大哭起來。人們都知道楊廣荒淫無度，他除了擁有三宮六院七十二妃外，又從各地選了美女三千關在皇宮，供他尋歡作樂。月娘的姐姐就是去年被抓去後，大罵昏君，被楊廣割去舌頭，活活疼死的。月娘的母親為此痛哭了三天三夜，結恨成疾，不癒而死。月娘哭得死去活來，心想：昏王已逼死我家兩口，前仇未報，新恨又來，害得我家好苦啊！月娘愈想愈氣，愈想愈恨，她突然把淚水一抹，對父親說：「爹！女兒主意已定，我要趁此機會，刺死昏王，為死去的母親和姐姐報仇雪恨。接着她把自己的打算告訴了爹爹，並要爹爹給她打一把小刀。

吳老大萬分激動，沉思了一會，對女兒說：「楊廣心狠手毒，平時前呼後擁，你怎能近他身呢？」月娘說：「這樣吧，我找塊布把腳纏起來，你打一把三寸長的刀，一同纏在腳裏，這樣不會被人看出。」吳鐵匠覺得女兒的主意也行，便說：「好！我給你打一把最鋒利的刀子！」當天夜裏吳老大就動手打，費了整整一夜工夫，才把刀子打好，天明交給月娘。

月娘雙手接過刀子，不禁又流下熱淚。吳老大問女兒為啥又涕哭，月娘泣不成聲地說：「當年聶政、荊軻都是有膽識的人，但終於刺殺未成，事敗身亡，這次女兒去，怕也……」

吳老大聽到這裏，忙問：「我兒怕死了嗎？」月娘跪在地上說：「爹，為民除害，為母親和姐姐報仇，就是上刀山、下火海孩兒不皺眉頭。我是想爹爹這麼大年紀了，事成與不成都會連累您老人家！」

吳老大聽女兒這樣說，連連點頭，他把女兒拉起來，說：「兒啊，俗話說有

鋼使到刀刃上！殺死昏王是件大義大勇的事，怎能為我動搖不定呢？」說罷，他向女兒要過那把刀，對女兒說：「讓我先試試刀刃利不利吧！」轉身割斷了喉嚨。月娘驚叫一聲，昏倒在父親的身旁……

第三天，月娘把刀子纏在腳掌下面，穿一雙尖底鞋，鞋底下納了蓮花，鞋幫上繡了鮮艷的蓮花瓣，行走時一步一個蓮花印，十分好看。

吳月娘來到運河邊，只見一隻雕着龍頭鳳尾的大彩船停泊在水裏，楊廣在文武大臣和宮女的簇擁下，得意洋洋地坐在船上。彩船一開，兩岸鑼鼓喧天，船上鼓樂齊鳴，一長隊拉縴的女子，有的穿紅，有的穿綠，有的穿黃，有的穿白，像朵朵鮮花開在河岸上。楊廣望着拉縴的女子，心中大喜。常言說：男要俏，一身皂；女要俏，一身孝。月娘白衣白裙頭裹白績，臂披白紗，穿白掛素，亭亭如玉，醒目出眾，叫楊廣眼前一亮，忙指令喚她上船。

欽差一聽，慌忙跪倒稟報：「萬歲！那個穿白衣的叫吳月娘，父母才死，穿的重孝啊！您不能見她啊！」

楊廣把臉一沉說：「孤王出宮，凶喪迴避，既然知道，為何還把她選來？」

欽差連連磕頭說：「萬歲恕罪！萬歲恕罪！只因吳月娘容貌出眾，百裏挑一，故此小臣選了她。」

「原來是這樣。既然她長得好看，孤是真龍天子還怕甚麼喪服？宣她來見！」吳月娘被搜身之後，扶上船來。

月娘走在搭板上，像微風輕搖柳枝一樣多姿，滿臉的淚珠，反像荷花含了晨露一樣好看。楊廣都看着迷了。欽差見楊廣很是高興，又跪到跟前稟報：「萬歲，您看這女子的腳，真奇怪！用布裹着，在岸上走路，一步印一朵蓮花呢！」

楊廣一聽更高興了，兩眼盯着月娘的腳，問：「你為何把腳裹起來，還步步生蓮花呢？」

月娘不慌不忙地說：「小女子實不敢哄瞞萬歲，我原是王母瑤池宮中的蓮

花仙子，投胎人間。我這是金蓮玉趾，怎不步步生金蓮呢？」

楊廣聽月娘這樣一說，高興極了，看着月娘笑道：「原來你是荷花仙子，怪不得長得這麼好看呀！你快抖開裹腳，讓我看看金蓮玉趾！」說着就要去摸吳月娘的腳。

月娘強忍怒火，倒退幾步，心想：機會到了。但周圍這麼多人，咋好動手呢？她環視一下其他的人，低下了頭。

楊廣一看就明白月娘的意思，隨令眾人退下。只有那個自以為選美有功的欽差不肯遠離，偷偷躲在一旁，想聽聽楊廣說些甚麼，盼着加封受獎。

月娘看看船台上只剩楊廣一人，就背過身去解開腳上裹布，拿出尖刀，握在手中，然後突然轉身猛朝楊廣的胸口刺去。楊廣嚇得尖叫一聲，身子一扭，刀子扎在臂上。吳月娘正要刺第二刀，那個欽差聞聲趕來，月娘順手朝欽差臉上扎了一刀，欽差疼得媽呀一聲滾在地上。響聲驚動了船上其他的人，齊來捉拿月娘，楊廣也抽出佩劍，向她砍來。月娘見事不遂心，眼看要落入敵手，便縱身跳進濤濤的運河裏……

從此以後，楊廣在挑選美女時，人樣再好，凡裹腳者一律不得選入宮。打那時起，天下女子怕被楊廣選去者，都把腳裹了起來，從此就形成了纏腳的習慣。

裹足宮女的故事

在河北省張家口一帶，流傳着這樣一個裹小腳的故事。

傳說，從前有這麼個宮女，年年皇上選妃子時都選不上她，為此很傷心。她絞盡腦汁，想盡一切辦法，要爭得皇上的寵愛。

有一天，她想了個主意，用布把自己的腳裹起來，天天纏，日日裹，日久天長，她的腳就纏小了。她思謀着：腳小跳舞利索，輕盈好看，這樣皇上就會

喜歡上她。

這天，又到皇上選妃子的時候了，他讓宮內所有的宮女都出來跳舞。眾宮女個個濃妝艷抹，嬌柔多姿，打扮得花枝招展，但她們誰也沒有纏了腳的宮女跳舞跳得好看。這下，小腳宮女引起了皇上的注意，皇上便命她單獨跳舞。小腳宮女深知皇上看上了自己，跳得更加賣力。腳小，屁股扭，腰極軟，皇上看得迷了心竅，最後這個宮女終於達到了目的。從這以後，皇上下了一道聖旨，宮內宮女要纏足，天下民女要纏足。以後，社會上流傳着一種順口溜：小腳女人嫁秀才，又吃好的又自在，大腳女人嫁奴才，耕田種地少衣沒吃不自在。後來裹小腳很時興。女人的腳講究要三寸金蓮，也就是說腳愈小愈好。

曹莊妃子的傳說

在河北省的邯鄲，流傳着這樣一個裹小腳的傳說：從前有個皇帝叫曹莊，選了個非常美麗的妃子。一天晚上，曹莊皇帝到這個妃子宮中住宿的時候，突然發現妃子的腳是三個趾頭，形狀像雞爪子一般，便問她：「怎麼你的腳像雞爪子？」妃子對皇帝的提問，不知如何回答，於是很害羞地用兩隻手把美麗的臉蛋摀了起來。

曹莊看妃子的腳實在難看，就命令她用黑布把腳裹起來，妃子沒辦法，只好照辦。裹腳後的妃子走起路來婀娜多姿，如翩翩起舞，很是好看，贏得了曹莊的寵愛。妃子纏腳的事，很快傳出宮去，天下的女子都裹了腳，於是就興起了裹腳。

纏小腳的雞仙姑

一個山清水秀、重山疊嶺的小山村裏，住着幾戶人家，藍天白雲，炊煙裊

裊，人們過着安逸、快樂的生活。

陡如刀削的山峰上有一座古老的小廟，廟裏住着一個雞仙姑在修仙。可是這個天生愛享受的雞仙姑，卻不能專心修身養性，常常跑出廟外遊山玩水。有一天，雞仙姑走到一個風景秀麗的地方，看到碧綠的潭水，倒映着兩岸的山色，清澈見底，煞是喜人，就跳進潭中游起泳來。

好清爽呀！雞仙姑回到岸上，感到羽毛特別沉重，就抖動羽毛，待曬乾身子後，才回到廟裏。

回到廟裏，雞仙姑無心修煉，想起小潭裏游泳的情境，好讓她懷念。她又一次來到小潭邊，想快活快活地再游一游。可是，上次上岸後羽毛搞濕了，一時半刻乾不了的煩惱提醒她，還不如將羽毛脫掉，洗個爽快。她脫掉羽毛，縱身跳進潭水中，盡情享受着⋯⋯

這個山村裏有一位老翁，髯垂玉線，髮挽銀絲，他左手握鏟銃，右手提竹籠，是個拾取糞便的。他來到小潭邊上，看到地上有一堆雞羽毛，老翁想，誰家的雞？不是被狐狸吃掉，就是被老鷹抓走，才丟下一地雞毛，於是老翁走到跟前想看個究竟。見有人來，水裏的雞仙姑急得如火燒身，忙爬上岸來，想趕快把羽毛穿上。那知老翁突然看到一個光着身子的雞從水裏連跑帶跳上岸，不由一驚，大喊一聲：「雞妖！」便前去追打。

光着身子的雞仙姑跑到高處，回頭不見老翁追來，心想：沒有羽毛，回不到廟裏，不能繼續修仙，怎麼辦呢？她冥思苦想，決定到人間走一回，於是搖身一變，變成一個美貌女子。這女子身材纖秀頎長，長長的青絲隨着微風擺動着；皮膚白晰、細膩，柳葉眉，瓜子臉上鑲嵌着一雙清澈的眼睛；睫毛彎彎地向上翹，鼻子略高有棱角；淡紅的嘴唇，微微一笑，露出白玉般的牙齒。可是一雙腳變來變去，怎麼也變不成五趾分開、行走自如的大腳，而是一雙錐形的小腳。雞仙姑只好用布條纏來纏去，纏成了一雙小鞋穿在腳上，搖搖晃晃進城了。

到了城裏，剛好遇到皇帝選妃子，雞仙姑被帶到皇宮，面見皇帝。皇帝見此女子長得如花似玉，甚是喜歡，讚不絕口，連呼美人，美人！兩隻眼睛不停地在雞仙姑身上上下打量，當目光落在那雙小腳上時，皇帝露出驚奇的目光，問：「如此漂亮女子，為何長着此等小腳？」雞仙姑回答：「小女子從小調皮，爹娘為了限制我東奔西跑，爬墙上樹，特將我的腳纏成此樣。」皇帝聽後覺得言之有理，這正是禁錮女子的好辦法，於是下令，今日起十天之內，全國各地的女子，都要把腳纏住。

纏裏小腳的巾幗英雄

明朝初年的唐賽兒

唐賽兒是山東蒲台縣西關人（今山東濱州市），生於明代建文元年（1399），父母願其能超過男兒，故取名「賽兒」。十八歲那年，唐賽兒便和農夫林三結了婚。婚後，由於家窮，偏巧又碰上連年大旱，收成不好，當地農民為了生存，聚眾向明朝官府討要糧食。沒想到官府一得知消息，便立刻派兵來捉人，唐賽兒的丈夫林三也被帶走了。不久，消息傳來，說林三與其他村民全都被活活打死了。唐賽兒悲痛欲絕，心想既然已家破人亡，要想生存下去只有起來反抗，才能為丈夫報仇。裹着一雙小腳的唐賽兒習武讀書，並加入白蓮教，後自稱「佛母」，並利用傳教的機會，等待時機起義。

永樂十八年（1420），蒲台縣一帶遭到了嚴重的災荒，官府不但不救濟，反而加重收稅，令百姓怒氣衝天，怨聲載道。二月，唐賽兒以白蓮教名義，組織農民數千人，在濱州起義。後轉戰青州，佔領卸石棚寨為根據地，多次打敗明朝官軍，並曾攻克青州、諸城、莒縣、即墨等州縣。義軍所到之處，殺官吏，開倉放糧，賑濟百姓，聲勢震動山東全省。

明成祖朱棣派重兵鎮壓，唐賽兒見義軍處境十分險惡，為避免義軍全軍覆沒，便想出一個「魚歸大海」的計策。他們化整為零，混在百姓之中，使官兵無法辨認，然後再設法彙聚。官軍在找不着義軍後，便稟報明成祖說唐賽兒失蹤了。朱棣因「唐賽兒久不獲，懷疑她削髮為尼或混在女道士中，遂命法司，凡北京、山東境內尼及道姑，逮之京詰之」（《明史紀事本末·平山東盜》）。同年七月二日，又命段明為山東左參政，繼續搜索唐賽兒。段明為了完成這一任務，不僅把山東、北京的尼姑全部捕捉，逐一搜查，甚至還捉拿了除這兩地之外的數萬出家婦女，仍無所獲。唐賽兒在民間如魚得水，早已不知去向，但白蓮教的活動並沒停止，直到後來的清朝還有他們的活動。唐賽兒究竟是戰死疆場還是削髮為尼，或為人民群眾所保護，她的下落，至今仍是個謎。

明朝末期的沈雲英

明朝湖南道州守將沈至緒，有一個獨生女兒，名叫沈雲英，自小聰明好學，跟父親學得一身好武藝。十七歲的沈雲英，在城頭上看見率兵迎異軍死在戰場上的父親以及無數的殉難官兵，痛不欲生，但她很快冷靜下來，思索如何與敵軍決一死戰。當時道州城正是三軍無主，而圍城的敵兵氣勢高漲，道州小城處於搖搖欲墜之中，沈雲英果斷地在衙署前面集合全城父老以及留守城內的官兵，慷慨激昂地說：「大家擦乾眼淚，現在不是悲慟的時候，敵兵雖多，不要害怕，他們都是一些烏合之眾，不像咱們道州的士兵，受過軍事訓練，我們一定會打敗敵人的。我是一個女孩子，為了保衛道州，我願意一馬當先，第一個衝進敵營，犧牲在所不惜。」聽了這番話，大家深受感動，一個小腳女子可以如此勇敢，我們還有甚麼可害怕的？

沈雲英為了有組織地把仗打好，她把兵丁編組，派資深的士兵擔任組長，打開軍械庫每人發一件武器。一切準備就緒後，雲英束髮披甲，手執長矛，親

率十餘騎，打開城門，帶頭衝進了敵營，打得對方措手不及，紛紛潰散而逃。她奪回父屍，解了道州之圍。

戰爭結束後，沈雲英和全城軍民都穿上喪服，流着眼泪為保衛道州而犧牲的沈將軍以及遇難壯士，舉行了隆重的葬禮。

後來，道州郡守上表朝廷，奏報沈至緒父女的功績。朝廷為了嘉獎他們父女的忠孝行為，便封沈將軍為昭武將軍，同時封雲英為游擊將軍，繼承父親職位，鎮守道州。

但是，沈雲英的英雄行為不是為了做官，而是為了盡孝義。父親死了，她想到兩千里外家鄉的母親，於是辭了官職，把父親的棺木運回了紹興，侍奉寡母。

後人在道州城北八十里外的麻灘，建了一所「忠孝祠」，以此紀念他們父女為保衛道州而作出的巨大貢獻。

湖北襄陽的齊王氏

嘉慶元年（1796）二月初二，王聰兒等人率領白蓮教徒在襄陽黃龍璫（今湖北襄樊東南）起義。

王聰兒，又稱齊王氏，湖北襄陽人。她自幼流落江湖，嫻習騎射，貌美俠勇，其夫齊林是襄陽縣總差役，又是白蓮教襄陽地區總教師。齊林等原定於正月元宵節（十五日）起事，因密謀洩露，被捕殺，首級懸掛於城門，同時被捕殺者百餘人。齊林徒弟林啟榮、張漢潮等要為齊林發喪復仇，便在二月初二日聚集白蓮教徒幾千人，推舉王聰兒為總教師，在齊林故里襄陽黃龍璫起義。王聰兒時年二十歲，儘管裹着一雙小腳，衣着盡白，但卻非常有號召力。起事後，她率領白蓮教軍攻打襄陽城，未能攻下，又打樊城。這期間，同時起事的白蓮教另一首領曾大壽違反軍令，王聰兒下令將其斬首。於是，王聰兒領導的白蓮教軍紀律更加嚴明，活躍於湖北、河南交界地區。這期間，原來由齊林約

好的白蓮教起義軍四處發動，與王聰兒領導的白蓮教軍相互呼應，聲勢日益浩大。不到兩年時間，起義隊伍猛增到十幾萬人，活動在鄂豫皖三省。嘉慶皇帝驚惶失措，連續調遣三十萬大軍進行圍剿。齊王氏領導的農民起義雖說以失敗告終，但卻在一定程度上震撼了嘉慶皇帝的統治地位。

上述三位婦女，裙下都是三寸金蓮，都能領兵打仗，稱得上是巾幗英雄了。還有一位是湖北天門皂市鎮，李萼府邸的一個無名氏小丫環。

李萼是禮部尚書李維楨的孫子，他依仗老祖宗勢力，橫行鄉里，魚肉百姓，被人告了御狀。熹宗皇帝接連派了兩個欽差大臣，到天門皂市鎮李府調查核實情況。天高皇帝遠，李萼不買帳，第一個欽差被他害死，第二個欽差被他投進水牢，危在旦夕。

李府有個小腳丫環，有意搭救欽差，頭幾天，她偷偷地將魚丸子丟進水牢，讓欽差吃浮在水面上的魚丸子充饑，維持生命。一天晚上，小腳丫環趁人不備，進入水牢，脫下自己的裹腳布，將它扔給欽差，讓欽差抓緊裹腳布，將他救起，然後雙雙逃走。此小腳丫環，雖未領過兵打過仗，但其膽識和智謀，絕不亞於前面所說的三位小腳英雄。

至於近代、現代、當代小腳女英雄，為數更是不少。國共兩黨領導下的北伐戰爭；中國共產黨領導下的南昌起義、秋收起義、廣州起義、二萬五千里長征，都有許多小腳女戰士。如果將在土地革命戰爭、抗日戰爭、解放戰爭、抗美援朝等戰爭以及經濟建設中，為支援革命和建設作出犧牲的小腳婦女統計在內，那就難以計數了。

男子纏足

男子也纏足？現在聽起來好像有些不可思議。但是在古代不但有，而且出

現得非常早。

據史料記載，南宋建炎年間樞密計議官向宗厚就纏足，並且「纏足極彎，長於鈎距」。當時就有人說他的腳像楊玉環的。

男人纏足，都是一些心理變態的人，就像現在的有些男人要做變性手術，或者刻意模仿女人的行為一樣，他們對女性有一種羨慕和嚮往，不看重自身的陽剛之美，崇尚的是女性的裊裊娜娜、弱不禁風。在當時的社會條件下不可能有變性手術，更沒有激素可吃，為了滿足心理的需求，所能做的只有纏上一雙小腳了。因此，極少的一部分嚮往女性之美的男人，就心甘情願的把自己的一雙大腳纏成了小腳。

據《萍菲聞見錄》中記載，有個專門賣女性裝飾品的店主，身着女裝，裙下雙鈎纖巧弓小，並且言語溫柔，舉止嫻靜，不知底細者，根本看不出他是個男兒身。這樣的情況在小說中也有表現，清代署名「天虛我生」的在《淚珠緣》裏曾寫道：「新人（林愛儂）揭去頭巾，大家一看，都吃一驚，宛然一個美人兒，再看不出男孩子扮的，看腳也是一雙極周正纖小的，原來這新人是從小纏的，自己又愛做女人，便狠命的小了。」

男子纏足最多的一類，應該是出於迷信原因了。有些父母希望自己的孩子能够長命百歲，給兒子取女孩兒名，如某某珍啊、榮啊、英啊等等。還有的孩子還沒有出生，就早早的確定了乾娘等等。

還有一些人家生了男孩，為了避免孩子夭折，便給男孩子穿着女孩子的衣服、鞋襪、梳上女孩兒的辮子等等，給小男孩纏足則是極個別的了。清代袁枚的《隨園筆記》裏講到的緬谷秀才就是這樣。緬谷秀才是雲南人，他半世女妝，只因父母生男孩都夭折了，後來生下他，其父母聽了星相家「生男改女妝則育」的話，從小就給他穿耳纏足。

民國時期也有一個實例：山東濟陽縣有個名叫艾少泉的，幼時其父母也是

怕他夭折，就給他纏足。長大後的艾少泉，依舊纏足做女子打扮，人們也就誤以為他是位女子。艾少泉 1919 年移居濟南，1931 年因犯罪被逮捕，人們方知他男兒身的真相。

還有一些纏足男人，是在妻子的慫恿之下才纏的，這樣的男子，想來一則是本身對女性有些神往，二來往往是對老婆的話唯命是從。《莳菲聞見錄》記載，一男子「婚後，其妻閫令嚴，諷之曰，君風流倜儻，超越齊輩，獨雙足以幼時未經約束，殊少風致，勸其纏束，並親為之。某君溺於情愛，竟徇其情，息交絕遊，杜門不出者年餘，雙足纏至甚窄，不類男子」。

再一種就是好奇，喜好模仿一類。兒童善模仿，有的男孩小時候就對女孩子的繡花鞋很好奇，也就有了偷偷模仿女孩子纏足的。《蓮味親嘗記》中就有記述尹君的一段經歷，尹君小時候因為覺得纏足有趣，便纏着女僕王嫂給他纏足，王嫂被他鬧得沒有辦法，只好偷偷地給他纏足，前後持續了四十多天，直到被尹君父母發現為止。

乾隆年間的《清代聲色志》記載，乾隆末年，有個叫胡么四的扮演女角色的演員，自小時候學藝起，就把自己的腳纏成小腳，只是為了在演戲時更像女人。其實早在明代，就已經有了男人纏腳的紀錄。

男人纏足最經典的案例要算明成化年間一個名叫桑沖的男子了。

當時的北京城來了一位年輕漂亮的寡婦。只見這個少婦兩足纖纖不足四寸，「她」還會一門技術：頗善女紅。富貴人家競相引薦，讓「她」教導閨中秀女做些刺繡之類的針線活兒。而且這個寡婦作風正派，可謂守身如玉，見了男子就趕緊迴避。有些專門尋花問柳的男子當面問「她」話，「她」也是羞答答的不作聲。晚間「她」與跟「她」學習的女子同床共寢，更是小心翼翼，親手把門拴好，更加贏得人們的尊敬。

京城裏有位秀才，聞得有此寡婦，便心生歹意，邪念頓生。讓他的妻子去

跟着這個寡婦學女紅，還欺騙寡婦說自己的妻子是自己的妹妹，聲稱要妹妹學針線活兒。寡婦來後，這位秀才又好心好意的叮囑妻子晚上睡覺前應該先出房門上廁所，就在他的妻子出門後，秀才乘機溜進房間。寡婦大驚失色，秀才早已是急不可待，連忙吹滅蠟燭……

誰知道千算萬算，連視為寡婦最為性感的小腳都摸過了，結果到最關鍵的時候，發現該寡婦竟然是個男性！

天亮以後，秀才將「寡婦」送往官府，經過審訊才知道，這個「寡婦」名叫桑沖，二十四歲，為了方便玩弄女性，曾拜一個叫谷才的人為師，學習女紅，緊纏雙足，男扮女裝。身份敗露之後不久，桑沖便被官府凌遲處死。

明清文學作品中也有一些男子纏足的記載：蒲松齡的《聊齋志異》裏就講述了一個王二喜的故事：

有一對夫妻，男的名叫馬萬寶，妻子馬田氏。這天，他們的鄰居，一個老寡婦家裏來了一位雙鈎纖小的妙齡女郎，該女郎也是善女紅的，還會按摩之術，而且這個按摩還是可以治療女性疾病的。自然的這個女郎很得老寡婦的歡喜了。老寡婦經常在馬氏夫婦面前誇耀這個女郎如何心靈手巧，尤其是還有一雙三寸金蓮。剛開始老馬並不在意，一次老馬偶然見到了該女郎，但見她綽約風姿，豆蔻年華，尤其是裙下一雙小腳，惹得老馬心猿意馬，想入非非，回到家裏便和妻子商量。

這個馬田氏也是個爽快之人，想成全他倆的好事，於是夫妻倆一拍即合。妻子假裝患有婦科病，把女郎請將過來，還騙女郎說老馬當晚去親戚家不會回來，留女郎過夜。到得天黑，燈火熄滅，馬田氏藉口廚房門沒有關好，起身走出房門。黑暗之中將老馬換了進來。誰料，關鍵時候女郎洩露天機，雙方都為對方是男子而大吃一驚。馬氏夫婦連夜私審，才使真相大白。

1　窰洞前的農村纏足婦女。
2　坐在石頭上休息的小腳老婦人。
3　纏足老婦人在剪紙花。
4　正在纏足的婆婆。
5　做針線活的纏足老嫗。
6　低頭抬腳的金蓮老人。
7　做女紅的纏足老嫗。
8　怡然自得地打牌的小腳女人。
9　駐足觀望的金蓮老人。
10 坐在家門石階上微笑的纏足老婦人。

1　雲南省建水縣團山村張家花園大門前的金蓮婆婆。
2　參觀古跡的纏足老人。
3　與老伴在天安門前合影的小腳老嫗。
4　小腳婆婆步履蹣跚地行走。
5　借助拐杖平衡身體重心行走的金蓮老人。
6　集體亮相的小腳秀腿。
7　雲南通海練劍健身的金蓮老人。
8　拍攝於 1999 年 7 月份的昆明金蓮老人。
9　圖纏足老嫗玩網球健身操。

□ 責任編輯：Pin Woo
□ 封面設計：古　手
□ 排　版：時　潔
□ 印　務：劉漢舉

三寸金蓮一千年

□
著者
張若華

□
出版
中華書局（香港）有限公司
香港北角英皇道 499 號北角工業大廈一樓 B
電話：（852）2137 2338　傳真：（852）2713 8202
電子郵件：info@chunghwabook.com.hk
網址：http://www.chunghwabook.com.hk

□
發行
香港聯合書刊物流有限公司
香港新界大埔汀麗路 36 號
中華商務印刷大廈 3 字樓
電話：（852）2150 2100　傳真：（852）2407 3062
電子郵件：info@suplogistics.com.hk

□
印刷
陽光印刷製本廠有限公司
香港柴灣安業街 3 號 新藝工業大廈 6 樓 G, H 座

□
版次
2015 年 3 月初版
© 2015 中華書局（香港）有限公司

□
規格
特 16 開（235 mm×165 mm）

□
ISBN：978-988-8340-01-9

本書繁體版由山東畫報出版社授權出版發行